中国好诗

第二季

郑玲 著

让我背负你的忧郁

中国青年出版社

《论语·雍也篇》

子曰：知者乐水，仁者乐山；
知者动，仁者静；知者乐，仁者寿。

长天长出版基金由西安交大长天软件股份有限公司暨江苏天长环保科技有限公司董事长林宣雄先生发起成立。其宗旨为资助优秀原创文学作品的出版，藉以达成“欲行生态环保，必启心灵环保”之理念，促进社会环境和自然环境之友善和谐。

特此鸣谢长天长出版基金资助本书出版

郑玲（1931～2013）籍贯重庆江津。1949年初参加解放军湘南游击队。后在湖南人民出版社、株洲市文联等单位从事文学编辑工作。1950年开始发表作品。出版诗集《风暴蝴蝶》《小人鱼之歌》《瞬息流火》《郑玲诗选》《郑玲世纪诗选》《过自己的独木桥》《幸存者——郑玲诗文选》，散文集《灯光是门》等。曾获中国诗歌学会“首届艾青诗歌奖”“湖南省文学创作奖”“首届曼殊诗歌奖终生成就奖”等50余种创作奖。2009年获中国作协颁发的“从事文学创作60年”荣誉证章和证书。

图书在版编目（CIP）数据

让我背负你的忧郁／郑玲著． —— 北京：中国青年出版社，
2016.6（中国好诗．第二季）
ISBN 978-7-5153-4227-6
Ⅰ．①让… Ⅱ．①郑… Ⅲ．①诗集－中国－当代
Ⅳ．① I227
中国版本图书馆 CIP 数据核字 (2016) 第 136310 号

责任编辑：彭明榜
书籍设计：孙初＋林业

中国青年出版社 出版 发行
社址：北京东四 12 条 21 号
邮政编码：100708
网址：www.cyp.com.cn
编辑部电话：(010) 57350506
门市部电话：(010) 57350370
北京科信印刷有限公司印刷　　新华书店经销

889mm×1194mm　1/32　7.5 印张　132 千字
2016 年 6 月北京第 1 版　2016 年 6 月北京第 1 次印刷
定价：39.00 元

本书如有印装质量问题，请凭购书发票与质检部联系调换
联系电话：(010) 57350377

风暴摁进蝴蝶的翅膀

◎ 霍俊明

2013年11月29日，下午，广州。南方的天气有些湿热，正在参加诗歌对话活动的我突然想到了老诗人郑玲。之前本打算去看望她，但因为时间紧又怕打扰她老人家，最终打消了这个念头。没想到竟成永别，一生未曾得见。而就在11月29日这一天下午，郑玲于株洲辞世。事后让我惊愕不已。

她生在冬天，离开也是在冬天。在我看来这位被寒冷眷顾的诗人、被冰水淬炼的诗人一定具有常人难以想象的品格和精神底色。而郑玲用六十多年的诗歌写作实践做出了证明——风暴蝴蝶。她如蝴蝶一样有异样美丽天成的翅膀，但是她与常人不同，她一次次将时代和时间的巨大风暴摁进了翅膀之中。她一直在飞翔，也一直在寻找，直到生命最后止息的那一刻。当我们穿过岁月的风云，轻轻拨开翅膀，那里仍然有未止息的风暴和漩涡。

这是对冰川般寒冷规训的抗争——“当命运决

定你沉默／人们说不能开口／但是 我已经呼喊过了”（《当命运决定你沉默》）。而《风暴蝴蝶》《暖蝶》正是诗人葆有良知的最好记录，呈现了知识分子的灵魂史，也同时镌刻下时代的墓志铭。

谁能像这样懂得抚慰痛苦
我不再怀疑了
这小小的白色的蝴蝶
肯定是从风暴中飞来的

《风暴蝴蝶》这首诗更容易从绿原、牛汉等诗人的诗歌写作和人格力量中得到互文性的印证。这风暴中的蝴蝶正是诗人命运履历的隐喻。它以柔弱之躯经受了难以想见的时代风暴的席卷，它历经劫难却终得以永存。这只受难的蝴蝶终于迎接了美丽的春天的到来。当这花的信息洒遍青青的原野，郑玲的诗歌生命也重新焕发了生机。

冷风入怀，四野苍茫。一个垂垂老人仍在过自己的独木桥。即使在暮晚，她仍然“被春天蛊惑”“去赴酒神的节日”，仍然“全身神秘的力量／都跳出来开花”，仍然在歌唱着自己童话般的爱情——“她是在我们／见识了爱情后的／第一个黄昏／诞生的／为迎接她的／第一次轻旋／那个黄昏／迟迟不肯／熄灭它的霞光”（《舞草》）“往事是伴人走向坟头的瑰宝／我需要你永不疲倦的散淡／我生怕老了／没有人陪我检点蓝宝石”（《爱情从诞生到死亡》）。

晚年的郑玲几乎一直躺在病榻上与病魔抗争，但她从来都没有停止写诗。即使在病床上不能动，她还通过口述让爱人一句句记录下来，比如《古老的痛苦》《病中随想》《总听见一群人唱歌》《暮色》《恶魔在我耳边低语》《在手术台上》《当命运决定你沉默》《让轮椅飞起来》。她用诗歌开拓出了自己生命新的疆域。她将星空、远方、幻梦、记忆还有病身的疼痛、城市的现代性梦魇以及钻探般的时代轰鸣都纳入了这片奇特的空间。

这是一个受难的诗人，一个在受难中仍坚持发声的诗人。她深晓只有诗歌能够让一个人"为了不死而死"。这是一个一生经受了众多苦痛，在命运决定很多人沉默的时候仍痴爱着诗歌、与诗苦恋的人——她也必然被诗神眷顾，"百余年后的今夜我也听到了／微妙的战栗传到脚尖／一种蓝天的孤独"。

这是一个幸存者，也是一个受难者，也是最终得以用诗歌完成了精神升阶书的诗人。

在十多年前，郑玲因为我给他写的一篇文章《瞬息流火抑或垂心永恒》开始与我交往，主要是通过电话的方式联系。有几次是在夜里，有一次我在阳台上接了近半个小时的电话。每次她都会说近几年身体不太好，交流诗歌的机会也少了，内心里似乎有隐隐的不甘。

2008年6月12日，我的日记记录了当时和郑玲先生交往的情况。

下午4点15分。远在广州的郑玲先生打来电话。我照例问候她现在身体可好，她老人家也照例回答——不好！她抱怨我为什么不给她打电话。这让我感到惭愧而一时语塞，我实在是怕打扰老人家休息。从这一刻起，我决定在日后会定期给她打电话，要不显得太不礼貌了。她重新要了我的地址，我给她写的一个评论被《文学界》选中并发表在第6期。打完电话不久，我收到一个手机短信，居然是她老人家发来的——“俊明，我的世界离不开诗歌，有你们真好。”我难以想象老人家戴着老花镜在一个个字母一个个标点地按动手机键盘的情景！祝福老人家，诗路平安，一生平安！

2007年，郑玲出版诗集《过自己的独木桥》（花城出版社）时将我和绿原先生的文章一起收入其中。她在电话中告诉我说她最喜欢这两篇文章了。那时她的话带给我的不只是温暖、信任，更有深深而难以言说的触动和批评家的某种责任感。

在中国当代语境之下谈论郑玲这样的诗人是困难的。

她一生命运多舛，在旋涡密布的政治年代受难，无罪而打成右派。她被迫下放农场劳动改造数年，新时期恢复名誉却赶上诸多诗歌流派林立，此后急剧推进的城市化时代又使得诗歌写作问题重重。诗歌作为一种语言、玄思与存在的最为凝聚的话语形态，更像是一束时代暗夜中高擎的火焰。这在当代诗歌发展的特殊语境中甚至成为了意味深长的象征或寓言。真正的诗歌总是选择少数人去完成，诗歌这匹黄夜中的黑马在寻找它优异的骑手。在此意义上，时代和诗歌选择了郑玲，郑玲也在苍凉而粗砺的时代背景下以静穆而知性的灵魂以及隐秘而复杂的言说方式迎受了诗神的眷顾、时间的淬炼和现实的酷烈风暴。

在不断迅即转换的时代语境和文学环境中，郑玲以一以贯之的对诗歌的敬畏听从了诗神那久远而永恒的召唤——即使是在晚年的病榻上。

在旋涡和阵痛中诗人淬炼出撼动人心的诗行，她一次次将风暴和雪阵摁进诗句和内心的翅膀。

这些诗无疑是灵魂与“个人现实”和历史想象力不断摩擦、碰撞和龃龉的结果。在郑玲为我们打开的时间暗箱面前，我们最终看到了一代人的履历就像是黑夜中的一场暗火过后无处不在的灰烬。更多的人在历史的劫难和人性的炼狱中沉默、沉沦，或者粉身碎骨，而郑玲作为“少数者”在“沉默的大多数”中间主动承担起介入者、观察者、命名者和创设者的角色。在此意义上诗歌成为一个时代“良心”的秘密居所。

在六十多年的诗歌创作中，在时间的重负与神恩中，郑玲在用诗歌这种特殊的话语方式维持着内心的尊严和发现的快乐——当然不可避免地她的诗行间也布满了一道道醒目的难以愈合的伤口和无以言说的苍凉。这些诗作洞穿了生存的困厄和历史的迷雾，同时也打开了梦想小径上一个又一个荒草丛生的恐怖渊薮。

诗歌在郑玲这里是“内心宗教”和“灵魂乌托邦”，具有除魅、自我“清洁”和人格矫正的功能。

当历史的风声远去，时间的流水冲刷生命的堤岸，那静夜中的祈祷之声不断如缕传来。这是一个朝圣者的灵魂和西绪弗斯的无望跋涉。

在我们和时代告别的时候是什么在开口说话，是什么在纠缠我们永不瞑目的内心？在时代风暴和激流的旋涡中、在穿越历史和现实的大火中，郑玲为我们呈现了苦难而高昂灵魂的阵痛。

在化血为墨迹的阵痛中诗歌成为灵魂飞翔的升

阶之书和燃烧的火焰。而郑玲正是这样的诗人，她注定与苦难抗争并用诗歌真诚地记录下一代人的隐忧和悲痛莫名的心灵史。这成了有良知的诗人的宿命，诗歌也因此而承受了巨大的个人不幸与历史灾难。诗人郑玲就是在这样的时代背景上，在受难的悬崖上，用高贵的人格和低郁的歌唱在艰难的跋涉中完成诗歌和灵魂的双重历险。

在无数个风起云涌的暗夜，诗人咀嚼着痛苦、吟咏着泪与血的诗行。时代的寒冬再次证明了劲草的力度。

历经旋涡和风暴的郑玲在“文革”结束之后重新焕发了诗意的青春，写下为数不少的优异诗篇。尤其新世纪以来，郑玲的诗歌写作无论是在经验和哲思的体悟上还是在诗人自我的重新发现上都达到了相当高的水准。

这不能不令人称奇。

在半个多世纪的风雨雷暴中一个人是依赖什么力量才保持了长久的对诗歌的激情和省思？诗人自己给出了这样的回答——

许久以来，我写诗只不过是白发插花，自成悲歌而已。没有想到那个离开已久的血气方刚的灵魂竟然进驻我的暮年。心中青春的微风，把我昏花的老眼无法看清的东西，吹到我面前，让我充满了期待。期待果实重新变成鲜花，鲜花变成蓓蕾，蓓蕾又变成新的硕果。

是的，郑玲曾因运动而受难，然而在飙风翻卷的悬崖上她如一朵芬芳而受难的百合，她优雅而惊心的姿势印证了无法想象的苦难与伤痛。同为老诗人，绿原（1922～2009）对她的评价相当确切："她深知写诗的危险性，不下于空中飞人，如一跃之间不能把所追求的目标抓住，就会粉身碎骨。要问那个目标是什么，也许是一种可与读者共欣赏的美吧；但对于一位饱经沧桑的诗人，取悦感官的美哪里又在话下？郑玲对诗几乎像宗教徒对圣体一样敬畏，几乎把写诗当作一种自我拯救，仿佛写好一首诗就可以在来世延长一寸生命似的。"（《不是灵芝，就是琥珀》）

生存、时间、记忆所一起碰撞出的回声在郑玲1990年代尤其是新世纪以来的诗歌写作中不断得到有力而繁复的回应。

这一时期郑玲的诗歌更突现出了一种生命的时间感。

人作为个体只不过是时间暗夜中瞬息消逝的流火，一生中与那么多人和事物相遇而最终却只能自己走生死的独木桥。那么什么才是永恒呢？对于郑玲而言用诗歌来生存就是垂心于永恒的最好方式。人作为单行道上短暂的生命过客，在面对浩荡的时间形态时确乎是相当微渺的，然而人类生存的本体意义却在于事先明了了自己的归宿，并为自己的归宿捡拾自身认为重要的东西，且不断认识自己。在时间这浩渺而灰黯的路途上，有谁能为内心和良知哭泣呢？诗人正如那棵仍然高耸但已"日渐衰老的植物"，用思想的头颅、用诗歌的身躯完成生命的终点。

在郑玲晚近时期的诗歌中我看到了幽暗的树林上空不断推远和拉近的时光景象，看到了树叶响亮的歌唱背后无尽的落寞和孤单，看到了冷杉树上积压的厚雪和负累。而更多的时候，我看见了那从根部直升上来的力量在不断抖落风雪和灰尘……到了一定年龄，身体的病痛状态使得诗人对世事的洞悉愈益深邃，而诗歌也不能不被愈来愈突出的精神问题和感知方式所牵引。基于此，“捶打”“追问”“命运”成了郑玲带有挽歌性质的难以回避的关键词。郑玲的诗作有一种切入骨髓的时间感。而诗人正是在幽暗的时光背景中重新发现时间奥义，重新揭示人不可避免的宿命感。

郑玲写于 1998 年的长诗《在手术台上》让我领略了一个诗人怎么在生与死的临界点上通过诗歌传述的令人震惊的身体体验与灵魂风暴：“匍伏在手术台上／如牺牲／有一种被献于祭坛的恐怖／无极的宇宙／分给我的只有这么一小块／比棺材还窄的位置／几乎容纳不下我的身体／／体内的小火花／因为没有回旋的余地／明明灭灭地飞走了／死神伺机而来／以假装用羽毛扇的迷人姿势／从冒烟的红袍里伸出手臂／做成桥　搭在忘川之上／很有些令人动情地说：／‘过来吧　该退场了／你已演了那么多悲剧／过来吧　该收割了／你已是成熟的麦穗／死不是恶／死和自由是一致的’”。

然而即使个体不再惧怕死亡的召唤，但是几十年人世的风雨都在瞬间冲撞并不坚强的身体和内心。有些事物、情感和经历永远是难以释怀的，更多的人将之转化为沉默，而诗人却在用灵魂的火光在时间的黑暗隧道中寻找。随着时间的推移，身体的病痛和感知状态一定程度上成为诗人的思考方式和哲性空间。而郑玲在暮年大小病痛的折磨中以身体完成了诗歌写作。身体、灵魂正是在“疾病”这种特殊的人生体验中不断盘诘、交锋。这些关涉生命本真体验的思索都证明了郑玲是深入生存的诸多难题中披荆斩棘的诗人。思之深睿，情之缱绻，令人动容。

正是在各种显豁或幽暗的生死临界点上，郑玲以常人难以企及的姿态和敏识为生存和命运命名。如果说生活是为了从快乐出发，那么在诗人看来，诗歌就是从深渊出发并最终抵达诗意澄明的境界。诗人的快乐就是通过诗歌发现一种静穆和伟大的力量，而这种力量使得诗人远望澄彻或晦暗的未来。当然时间的阴影给个体生命的无情销蚀也不能不让诗人在挽歌中流连、伤感。

郑玲在诗歌中对“简单的活着多么不易”给出了一个具有相当深度的回答，而这一回答显然并不轻松，甚至是痛苦的带有自我嘲讽性的。

晚期郑玲诗歌的写作背景大体是具体化的、日常化的、个人化的和即兴的，而这种具体化和日常化的过程并不是诗人耽溺于琐屑的生活细节和表层纹理，而恰恰相反。诗人努力在超越和拒绝这些琐屑的日常生活所形成的强大的惯性以及随之而来的麻木和眩晕。这些诗作都是来自于平淡的甚至琐碎的日常场景，在一些评论者看来属于日常叙事的一类，但是这些日常景象在诗人的过滤和整合之后获得了一种更为普遍的象征意味和浓重的生存宿命感。郑玲的这部分诗歌描摹了生活场景的细节和隐秘细微的心理图景，并且这种言说方式和场景设置恰恰在于通过生活的描摹又偏离和超越了日常的轨迹，从而带有想象和提升的高度，也带来了诗歌阅读的深度。同时这些投向具象化的现实场景的诗有时折射出令人震颤的寓言化效果，而这种寓言化的倾向正达到了生存的核心区域，而这种“真实”往往是难以置信的。

在郑玲的诗歌中我看到了如下的质素：强烈的时间体验、历史的个人化想象的冲动、对现实生存场景的钻探式的叩问与质疑。

我看到斑驳的时光影像中诗人缓缓走动的身影，看到了一个时间水岸的彳亍独语者，看到了追光关闭之后空旷而黑暗的舞台上无边的寂静。

在落满灰尘的幽暗的房间里，诗人试图擦拭那早已不再光洁的布满灰尘的诗稿。郑玲多年来的诗歌写作真正体现了诗人的角色——创造者。当与郑玲同时代的诗人纷纷搁笔或者写作早已定型化的时候，她却不断在诗歌的道路上跋涉和探寻。她像地质勘探者一样不断地发现与创设，不断揭示为人们所忽视的生动的细节和富有象征性的场景。郑玲在细腻的观察、真切的感受、频繁的发现、强烈的问题意识和艺术自律的诗性抒写中既呈现了历史的复杂性也凸现了个体的主体观照和命运。

郑玲诗歌沉思的质素愈益明显，她在将诗思探向内心深处的同时也将视野投注到繁复的城市现代性景观、生存现场以及历史和时间的深处。郑玲对飞速发展的城市化和工业化时代是怀有疑虑的，尤其是“到处都是牙齿”的钢铁城市不断提高诗人“望乡”的高度和难度。在城市化空间，郑玲无奈感叹这是一个看不到“地平线”的时代——“城市里看不到地平线／楼房与楼房之间／仅隔一个花园”（《地平线》）。而诗人正是在回溯和勘探中发现了被时代的巨大城市建筑所挤压得变形的身体和内心——

精神荒原在现代人这里无处不在，诗人却在城市里听到了狼的嚎叫（《深夜狼嚎》）。郑玲的这些诗歌流淌成生命与历史共现和交响的河流，流淌成后工业时代沧桑的时时回望“故乡”的还乡河流。

这是一个有“精神远方”的老人。这些诗歌真正成为伟大诗人布罗茨基所称的人类“记忆之诗”。

郑玲的诗歌呈现出当下时代诗人少有的宁静、自足和不断试图倾听、回溯、发现和创设的可能。郑玲诗歌的安静质素又是特殊的，这生发于隐秘的内心深处的“教堂”与“圣地”，当然这种内心的呼应也同时指向了当下性和“永恒性”。这关涉了个体、生存、时间、“现场”“社会”和历史共同形成的复杂场域。郑玲的诗歌既是具有个性化的“现实”感又同时有着强烈的“超现实“的冥想、独语和“虚构”的成分。郑玲的诗歌相当沉静，沉静的个体呈现的却是诗歌和生存以及历史和传统深处无处不在的各种声音的回旋和深入。越是到了“老年”，诗人对世事和自我的洞透越是深彻，而这种洞透的结果是让一代又一代人自认为最熟悉的现实带有了不可确证的虚拟性和寓言性。而这就是诗歌和诗人带给这个世界最大的贡献。她在不断一意孤行地向我们自以为深知的生命和现实甚至历史深处掘进，她最先领受了挖掘过程中的寒冷、黑暗，也最终发现了现实表层之下的粗砺与真相。

郑玲是一个沉静、深刻和自省的诗人，这在她近年来的诗歌写作中愈益明显。

正是在静观、深入、沉潜、等待与勘测中诗人擦亮了人世、生存、时代和现场的粗糙的纹理。郑玲的诗歌总有一种拨开浓重的生存浮尘的冲动，诗人更为深刻而明晰地知晓圣洁的东西总是在高处，而沉重的东西总是在尘世。她一遍遍擦去世俗的尘垢，从而使得那一个个年轮碾压下的物事重新焕发出历久弥新的光泽。正是这种精细、深入和持续的激情使得郑玲更像是一根楼顶上的避雷针，在翻卷奔腾的时间乌云中他提前领受到了时间这道闪电的炫目、寒冷和颤动。由此在向天空仰望又扎根向下的双重姿态中，郑玲同时发现了时间旋流中的星群、天空和飞鸟，也拨开了隐藏在草莽深处的那条泥泞的小路。正是因为冷静、知性、深入的写作征候的出现，郑玲近年来的诗歌给我留下的一个最为突出的印象就是清澈、透明又有一种可以不断回味的底色——这让我想到了在人间的弥天灰尘和烟火色中偶然出现的纯净琥珀。

这些诗歌让我们再一次感受到了语言和记忆的力量，也同时更为感同身受地意识到现实生存的“暗箱”中有很多东西和事物比我们脆弱的生命要强大得多。

郑玲在前进或回旋的途中最大程度地感受、倾听、回应了河流两岸、河底和上空的各种事物所焕发出的最为本源、最为自然也最为撼人心魄的声响。在这条不断压低声响的河流中，在不断地躬身向下探询和精神头颅的仰望中，我们不断听到真正的导源自自有万物以及生命骨骼自身的各种各样的响声。在这些压低声响的河流上你看到了什么不一样的景象？听到了什么久违的令人动心或厌弃的声响？

时间的河流仍在流淌，诗人就必须跋涉。2013年春天，诗人辞世这一年写下了一首精神自我烛照的诗，也为自己写下了精神履历和墓志铭：

天际拥挤不堪的空无中
有高士
念枯燥的经文
我无动于衷
我被来自洪荒的光明
牵引　照耀
没有穿鞋
脚已溃烂
沙石
镶进红肉
我　流浪
哪怕是石头
踏上去
也清清楚楚显出
脚底板皮肤的纹路
不用看也知道
还有裂开的伤口
有星雨击中
一路脚印

目录

第二辑　普鲁斯特的蔷薇

第三辑　当命运决定你沉默

第四辑　能有多少如此的晴日

第一辑

天堂到底在哪一个角落

夕阳

青山哑去
把身影
抛向没有底的江底
万籁俱寂
长河已老
曲曲折折渐行渐远
尽数兜住金光
一道神谕
挂在西边
向我们开示
明白无误的悲怆

2013 年 6 月

暮色

皱纹，病痛
急匆匆把我梳妆成
暮色
生怕
千疮百孔的女人
久久盘桓
拒绝
地狱的赎回
路坍塌了
泥石流悄无声息
如匍匐走近羚羊的猎豹
意在淹没阳光
莲花已碎
在败叶的怀抱里
不甚清醒地
怀孕
明年的心
秋风打扫湖面
收拾成西山残照
折戟沉沙

2013 年 3 月

舞草

有这样的说法：舞草，又名虞美人草。
花朵瑰丽；其叶闻弦歌则舞。

她是在我们
见识了爱情后的
第一个黄昏
诞生的
为迎接她的
第一次轻旋
那个黄昏
迟迟不肯
熄灭它的霞光

失败的英雄
痛彻肝脾地
歌
撼动山岳
美丽的少女
独向悲歌舞剑
眼泪卷起
乌江波涛
热血
溅满中原
大地沉吟

接受了
千古无奈

少女的精魂
铭刻着
最后的
旋律和节奏
在天和地之间
她的舞姿
涵容所有的崇高

乌江从此
流入每一个人的心底
歌声
剑光
舞影
记住了
她和她的爱
一对并非
无路可逃的恋人

眼泪认得她

——致萧融

我在高处
是云端
比云高一毫米
是珠穆朗玛峰
比峰巅高一毫米
我伸一个懒腰
双手就触到
光滑的天穹
天穹之上
玉树银花
——花色作异宝色
琉璃色中出金色光

我在高处
同一瞬间
是卧、是立、是游荡
我同是在
瞭望
望故乡
飘来的风

我看见我的主
有五色光从他口出

我听见他
没有声音的声音
他要我
用他的名号
呼喊他
他就会
派他的弟子
来接引

我笑
我说“不”
他说
你等什么
我说
等故乡的风

故乡的风来了
我却不认识
风用如波长发
抚触我的脸
我还是不认识
风走了
风伤心了

风不甘心
又回来了
这回带着雨

带着她的眼泪
眼泪滴到我脸上
风说你不认识我了吗
我还带来了
你沉睡着的
盟订三生的爱人

眼泪认得她
我认得眼泪
我向她伸出手
热泪打湿了脚下的泥土

光着脚走

天地初成时
花
吐出的香气
光芒四射
她
引诱我
向时光深处
无止境地
流浪
旅途漫长
我
穿越森林
涉履沼泽
背着奇装异服的明天
走向昨天向阳的一面
路上
天际拥挤不堪的空无中
有高士
念枯燥的经文
我无动于衷
我被来自洪荒的光明
牵引照耀
没有穿鞋
脚已溃烂

沙石
镶进红肉
我流浪
哪怕是石头
踏上去
也清清楚楚显出
脚底板皮肤的纹路
不用看也知道
还有裂开的伤口
有星雨击中
一路脚印

2013 年 4 月

你携带草原

——致冯秋子

在金秋
蓝天的手里
滑下一段白云
那是蓝天
献给草原的哈达
你
就这样诞生了
秋天的风
驱赶阳光
伴你游戏
你披着
马头琴声
奔跑
跑进春天
你出落得
白度母那样美丽
在盈满月光下
在瑰奇的幻境里
听精灵唱歌
炒米黄了
奶茶开锅了
马奶酒
浇灌山丹花

鸿雁向你示范
飞翔的优雅
你接受了
草原所有的训导
像散文那样
在胸中
把牛羊水草铺开了
把山丘湖泊铺开了
把风暴朝霞铺开了
你
把驰骋
把牧人高亢的长调
辽阔地铺开在
自己的肉身里
草原唯有的
色彩、光影和冲动
与你因此
不可分离
你携带草原
来到我们中间
我们所有人
就享受了
一望无际的
热烈与明媚

碎夜

暴雨的铁蹄
肆无忌惮践踏
夜被敲碎
夜的碎片
在空中飞舞
梦
无处藏身
梦找到我
想钻进
我的被子里
继续做梦
无奈我
比梦凄惶
我在
夜的碎片里
抱头鼠窜
一头撞上
碉堡铁丝网
碎片
划伤了手臂
还有脸庞

2013 年 5 月

蜃楼第九重

跳下来女郎
问
你怎会变得如此
枯藤老树?
我说
这要怪太阳和月亮
他们像醉汉一样
围着我打转转
堆砌出那么多的
花繁雨密
冷月斜阳
所以我不能
和你一样
青春永驻
然而现在
我心安理得的
正是
老态龙钟
这好在
另一种状态
体会生命

2013 年 2 月

飞来的小黄鸟

三角梅开花的时候
阳台上
是一个春天
小小的一角
生机萌动
小黄鸟来了
她天天在阳台上流连
有了她
深山就座落在家里

一只音符
上下穿梭
忽高忽低地跳
幽谷清泉
一滴一滴地
洞穿谷底的璞玉

朝华初上
羽黄的晨曦
协和着清泉
低唱
唱空了山外繁华
唱空了我的
成长和衰老

她把我唱得
干干净净
唱得我
永远做不到
什么往事都记不得了

爱情从诞生到死亡

爱情从诞生到死亡
不过两次钟声之间
那样短暂
我们相互给予的
是半个世纪短暂的相守
没有烂漫的浓丽
只有思盼的清芬
带着欢乐
也带着悲剧性

我们挣扎在巨大的阴影下
通过一连串的失败感到胜利
感到的胜利如海市烟云
云消雾散后呈现清晰的
不过是失败

失败是搏击的宁静
在残阳血色的光照中
我倚靠你
平时我喜欢这样的状态

你是一个散淡的人
看起来总在休息
其实你始终在工作

一个散淡
而永不疲倦的人
风风火火很难完成一件事
在什么也没完成的开头
你已经消耗殆尽

有时我会为你工作太久
与你激烈争吵
两个互为生命的敌手
在争吵中获得力量
我把最后的力量使出来
激发你的散淡
散淡的回忆甘美

往事是伴人走向坟头的瑰宝
我需要你永不疲倦的散淡
我生怕老了
没有人陪我检点蓝宝石

丽色烧天

我家对面的五楼外
有一树木棉
高达二三十米
无花无叶
平日晦暗无语
行人觉得它的存在
可有可无
等到第一声春雷响了
它全身神秘的力量
都跳出来开花
满树红花
丽色烧天

2012 年 9 月 15 日 星期六

春天

老人也会被春天蛊惑
当春风拂面时
它的香息
像从你体内发出来的

初春的睥视
晓钟和缓的夜雨
使人镇静
因而令人在兴奋中沉思

春天在什么地方?
在生命诞生与衰亡的
关键链上
忽明忽灭
有时它是庆典
有时它是葬仪

春天属于什么人?
它把各种情绪
送到所有的国度
不同肤色不同文化的人
都品味它的欢乐与哀愁

富有创造感染力的春天

虽然短暂
还有可怕的倒春寒
但是谁都愿意把它看成希望
也许希望就是这样时冷时热的

总听见一群人唱歌

重病初愈
每夜临睡时分
朦朦胧胧
总听见一群人唱歌
——他们在过节

不知他们是谁
他们好像是所有人
他们的声音不可描述
声音的姿势不可描述
声音的色彩不可描述

许多事物是无法描述的
就像我
分不清朝雨后的
明霞与莲花
分不清夕照中的
飞霞与璎珞
我分不清楚
明月的光华与神的微笑

歌声使我想起
那微笑托起的月轮

宁静的深处
永恒的东西就在那里
给你迷醉心怀的智慧
——人与万物的默契
我与神的默契！
我与人的默契！

古老的痛苦

人老了口说淡泊
但白发苍苍的脑袋里
多有诡思
总是祈求那最得不到的
——不是权力不是荣名
而是强壮的身体
强壮的人是一支回力镖
命运将他掷到老远的地方去
他又能飒飒地飞回家

家是什么？可能是不复存在的故园
但它绝对是
被幸福的追光照亮的过去
家是什么
是鸟儿醒来的黎明
是魂梦最终栖息的地方

所以说鸟倦飞而知还
我的林子呢在世界的尽头
在云遮雾锁的那边
而我的翅翼和脚
都被岁月上了刑具
有人说
当今有种房子汽车

无论你怎样动弹不得
都使你如坐春风
真的有吗？即使有
那也是大富大贵的专利
要缓解这一古老的痛苦
平民中几人能够?
何况我双膝剧痛
跪不下来
不能向任何东西俯首

病中随想

在病中
似真似幻
总看见神灵出没
我的神灵
不是从天上飞来的
他不想长眠
便从坟墓里醒来了
仍然着戎装佩军刀
在残月下绕城巡视
这座城
在抵御外侮的战争中
是在他寸土必争的
战马蹄下复活的

战争的烽烟熄灭已久
他的坟墓在远离尘嚣的地方
可以呼吸另一种空气
倾听另一种寂静了
但他闻到了苦难的气息
他醒来
走进他的后代
走入我们的思念
思念中
有新的泪水和热血

滴下来
滋润人间苦旱
如春风春雨
春雨春风到处都去
甚至小草根部
甚至石头缝里
很容易被人视而不见
特别是在黄金钻石的
遗忘之中

在病中
我仿佛又听到那种悲叹：
英雄精神从前是上帝
如今已沦为物欲的奴隶
人已将一点点地变为奴才
再没有适合做主人的人了
这种梦落潇湘的文人沧桑
曾一度使我的目光怆然若失
但目光
毕竟是一种情怀
情怀总是与博大连接的
情怀有它自己的门
敞开门
是诗性的世界

在病中
当疼痛片刻缓解

那最感动我的人性的辉光
首先照亮了我的记忆
延绵不断的宏伟画面
便在我的泪光中出现：
我的祖国
是一座巨大的丰饶的铁矿
总是吸引雷雨
纵使在盛世
也天灾频仍
每一次
当危机到来的时候
平日看似趋安避危的民众
也受到使命的牵引
而兴江山之慨
而起天下之志
为了救援同胞
不惜牺牲自己的一切
许多人
身处边缘
却把自己的精神
安置在中心
拉着时代的大车
负重前进……

这些情景使我明白了
存在的意义是为了相互存在
有能力的爱心

才是我们应该拥有的宝藏
这对我风中残烛的晚年来说
是安慰是自豪
是希望的火光
是疗伤的香膏
我早就不相信我的诗
能催生更美好的生活
只想在我尚能说话的时刻
作一个简单的见证：
在今天到处都有
适合做主人的人
到处都有
代表我们去和命运谈判的人

光明在你面前盛开

——致诗人刘舰平

你用飞鸟和玫瑰的语言
写成既是号角又是夜莺的诗赠我
我已经八十岁了
仍然需要童话
你的童话负载着你的想象
上天入地
它里面有条河河水清清
是一个隐身巨人流出的眼泪
流动的旋律紧伴着激情
我被它声音的魅力所裹挟
回忆那些似水年华不能自已

船过青浪滩
我结识了你这个战胜惊涛骇浪的纤夫
万里无云的友谊在我们头上照耀
诗来与我们同甘共苦
还记得吗？明月高楼之上
留下你悠扬激越的山歌
使星星和朋友们一同醉倒

谁也没有想到厄运猝然袭来
你日照中天的正午

变成了黄昏
缤纷世界抛弃了你
从此钟声迷失于海底
我痛失知音！

彩虹几度秋风几度
你在逆境中
从死亡的一侧望见了风景
艰难地用语音手机
写成“半瞧”诗集
我才知道你在恐惧绝望之中
获得了另一个世界沉舟再起
是伟大的博尔赫斯
以他高度透视的心灵之眼
领着你走出黑暗振兴了自信

我病了你重新出现在我身边
你被岁月催老的面庞
因你那双明亮的
脉脉含情的眼睛而年轻
要不是你的夫人牵着你的手
你才能找到我的手
我不会知道你仍然是个失明者
一个大有作为的失明者
一个才华焕发的失明者
舰平我的兄弟
这不仅仅使我惊喜

这有如看见海上日出
我无言地欢呼千百次
光明已在你面前盛开
我们应当怎样来向生活感恩!

地平线

城市里看不到地平线
楼房与楼房之间
仅隔一个花园

昨夜梦中
我居然看见了地平线
当红日升起
你和红日一齐上升
从遥远的地平线
向我走来

原野上的花草
比迎接国宾的红地毯
更为豪华更为鲜艳

如同隔世重逢
你朝我走来
目光热烈
步履沉重

我正要牵你的手
地平线却后退了
退得那么遥远
我再也走近不了你

只见你在远处相招

我跑了起来
飞了起来
还是越隔越远
绝望中
一梦醒来
明月秋窗
漫天惆怅

2012 年 9 月 18 日 星期二

在手术台上

匍匐在手术台上
如牺牲
有一种被献于祭坛的恐怖
无极的宇宙
分给我的只有这么一小块
比棺材还窄的位置
几乎容纳不下我的身体

体内的小火花
因为没有回旋的余地
闪闪烁烁地飞走了
死神伺机而来
以假装用羽毛扇的迷人姿态
从冒烟的红袍里伸出手臂
做成桥搭在忘川之上
很有些令人动情地说：
“过来吧该退场了
你已演了那么多悲剧
过来吧该收割了
你已是成熟的麦穗
死不是恶
死和自由是一致的”

诱惑据说是全知的斯芬克司

尤其当它与真理相混
你就更难抵御
我何尝不明白
自由是一把双刃剑
可以安抚亦可以毁灭
但是如果未来的岁月
只能坐在轮椅上蹉跎
那将是压斜我天平的
最后的一粒石子
做一尾涸泽之鱼
倒不如此刻“自由”地死

然而怎么的了
我一边走向桥头
一边频频回首
一盏星光一只蜜蜂一片草地
都伸出温情脉脉的触角
牢牢地抓住了我
低低地问：
难道你已经爱够
能说此生无悔吗
我有了犯罪的感觉
死者是需要带着祝福
带着允诺上路的
而我如贼
席卷了恩爱情义
却想永远地销声匿迹

还要在那凄凉的角落
留下一个微笑的骷髅

爱我的人们呵
趁我尚未饮过忘川的水
千万要追来赶来
捉拿我问罪

不知我生命的根须
连接着怎样的神秘
也许是那叫做“感应”的电波
传遍了苍山碧水
让亲人朋友收听了我的危机
远的近的似曾相约
都来寻找我即将沉没的河岸
举一路招魂的火把
向着我的黑夜呐喊：
“死是苦难与奋斗之后的
最高奖赏
你还没有完成人生的劳役
无权进入永恒的休栖”

“你这心窍迷乱的孩子
知不知道
我们可以忍受你的久病
失败和坏脾气
绝对不能忍受

——没有你”

“今天是中秋
终古常新的明月
依旧照着我们的团圆节
你看给你带来了什么
你最爱的啤梨
火龙果和诗”

我站在众光之中
流下落地有声的热泪
圆的时间
旋转出我的少年时光
我看见自己青春的思慕和怅惘
看见了
早已被我冷落的牛虻
他在临水的残旗之下
与压迫者背水而战
然后把破碎的自身
一块一块地拼起来
以伤口作船
升起了远征的风帆
他船尾的波浪
如凤凰展翅般富丽
这使我想起了
华莱士的名言：
“身体是伟大的诗”

谁能为路哭泣

（一）

天上的星辰
是人跪在无限面前的印迹
妈妈我知道
你的黛发
是在那个黑夜白了的

五十年前的尘世是泪谷
我们坐在自己哭出的沼泽里
不知你在弥留的时刻
是否还流着最后一滴
只听说你把我儿时的猫猫鞋
搁在你的胸上
我的胸口便经常作痛
已经成了不治的痼疾

（二）

妈妈你后悔过吗？
没有用桃花白雪为女儿洗脸
作宜家宜室的华容
却在纺车的桐油灯下
讲了那个“路”的故事

从此你的梦
来入我的梦
我总是梦见它
匍匐在痛苦女神的脚下
流着温热的血欲飞不能
它是你的亦是我的
断裂的翅翼
目睹了自身的残缺
它不能不找回自我的完美
于是我从被爱与爱着之中
叛逃了

怎么可能听不见你的呼唤
山中的回声也被你的恓惶惊起
冲上傍晚恐怖的彤云
丧钟般回荡不息
而我抵死守住泪的关津
妈妈谁能为路哭泣

（三）

然而旧时岁月
路即坎坷
一无所有的寻梦者
奔向前路如同逼近干戈
所幸你那盏微弱而不朽的灯光
照亮我后退的深渊

我才得在某一处消失
又在另一处出现

跋涉了大半生终于明白
这个梦是不死的
是到老也沉醉的少年梦
它要你穷尽一生努力去做
哪怕你永远不能参透
有了它才能给心灵以满足
否则便是假装在生活

所以妈妈
在这世纪末的前夜
我虽然几番欲归
去终老伴守你的坟茔
和你一起听巴山夜雨
但是
我不能放纵这一腔温柔
二十一世纪的早晨
还有好长的路要走

为了影子

她正在花丛中看雨后的虹霓
长发的微波被一种气息轻轻吹拂
她以天鹅般舒徐的姿势转过头来
迎面遇见了一位写生的画家
画家的鹞鹰的瞳仁
恰在这回眸的一瞬把她捕捉

她的目光冉冉地出窍了
飘起来，落入了画布
像金星落入幽玄的湖水
迸溅出满湖梦幻的流火——
这是她而非她的黑色郁金香的眼睛
以叛逆天使的挑战的神气
从虹霓与飞花中对人瞧着
流出震颤灵魂的音乐
道出你所幻想所预感的东西
和你的每一条神经沟通起来
加入你的忧患和欢欣
就像你是一滴水
她用阳光注满你
对着这缪斯的巫术所创造的第二现实
她的丈夫有如得到失踪船只的秘密
他暗暗地在心中呐喊：
你从哪里来

是什么命运安排了我们的见面
你这飘逸神游的杜鹃
你是感应我思慕之苦而向我显现么
你的气息你的音波早已将我渗透了
你唤起的幽远的月色
早已将我笼罩！长期以来
我在妻的身上爱着的是你这个影子
因为你只是个影子我徒然怅惘不已

妻子却是纯绿的
绿色最宁静，绿色最自我满足
她看见丈夫在她的画像面前徘徊
感到被爱的莫大的欢喜
但是，渐渐地，她发现了
她缠绕万物的柔情
再也牵不动丈夫的视线
丈夫为之神驰的不是她
而是借她韶丽的容颜
复活了的另一个灵魂
在丈夫眼里，与画像相比
她只是个没有酒的春天

她明白了
她恨透了那蛊惑人的巫师：
你这哪里漂泊来的怪客
你画的是黑非洲魔幻的迷雾
你想用五颜六色颠覆我们的安宁吗

你可知道我家门前有株桔子树
只要他闻到桔子花洁白的清香
他迷途的灵魂就会回来的

但是，当她伸出招魂的双臂
感到了一生最悲惨的失落
丈夫觉得被别人鲁莽地打扰了
一脸厌恶的乌云转身就走
她望着他的风衣
消失在那边的松林里

唉，微尘般的幸福你多么脆弱
只这样转动一下开关就烧个精光
黑夜，黑夜，
忌妒的烟云凝缩成的精神的黑夜
如同海底的晦冥的黑夜
她坠入其中
与外界联系的绳索断了
听不到人寰的任何声音了
她觉得她只是个不肯进入棺木的游魂
因为输给自己的影子而荒唐地死了
由于说不清死亡的原因
天堂不要，地狱也不要
不能重返枝头的落叶
只有随西风飘入凄凉的泪泉了

啊，祝福吧！祝福吧

有泪的痛苦是觉醒的痛苦
痛苦的狂飙吹动了她的心旌
她终于睁大被泪水洗亮的眼睛来看了

此时，她的黑夜已投入火红的朝霞
晨曦的力量纠正了夜里判断的错误
——她没有死！
她跳起来打开所有的门窗
如同打开人生遮住的部分
她把痛苦举起来放在强光之下照耀
道路随着光线伸展过来，好像在说：
来吧！来吧
复杂的生活不断地流逝着变动着
你为什么还站在原处

有一种特殊的气质
在冲击她的鲜活的气流中苏醒
她把梦一样慵倦的黛发
高高地盘在头上
仰望着那不断更新的完美
去和自己的影子竞争！

我正在将你等待

谁是大师
大师坐在书山的浓雾里若隐若现
我去星空寻找
里尔克，终于找到了你
你是上帝与人类共同创造的大美
任何等级的称谓
对你都嫌渺小
你是没有雷声的闪电
因此更为庄严
如果用热爱崇拜这些字眼
来表达我如何待你
那又显得过于弱智
里尔克，我只是将你思念
同山同水同隔着我们的时代
和地域长年累月地思念你
有如一个流浪者
站在异地的麦田里思念家邦
唉一个人的故乡
往往在某个人身上

当我想起那致命的白血病
使你捱着极其可怕的痛楚
孤独地迎接死亡的时刻
你身边竟然没有亲人没有水

我灵魂中的这颗泪珠
三生不得融解
前人说：一个高贵的人
都不可能轻易地离开人世
因为这是冒犯苍天的
是谁冒犯了苍天？
里尔克，你生得那样辉煌
死得那样悲惨
你的诗之财富营养了军人诗人
政治家和学者
为何养活不了你自己？

所幸的是必朽之人亦可不朽
内心孱弱才是人真正的死
里尔克，你比我们身边的空气树木岩石
比忧郁比爱情都更强大地存在着
你的艺术
不是帝国都城最后的残照余辉
不是让人惆怅一番便转过身去

读一部惊风雨泣鬼神的杰作
其作者与读者的关系神奇到什么程度
真难以言说
读你人可以身在奴心为王
遭到任何厄运的冲击
也不会使自己分裂
读你纯爱者明白了爱的本份

是给予和忍受
读你被遗弃者爱得更深
读你我甚至要更新自己的血液

里尔克你并非我的偶像
我的偶像早已随朝代的兴亡成灰
你是我桥上迟来的故人
我正在将你等待
火红的石榴花在门前盛开
我从流云照亮的枝叶间
见到你走来的身影
我双手捧着《杜伊诺哀歌》
等待你来为我朗诵为我解惑

似醒非醒

为什么希腊的神话中
没有白昼之神繁衍子孙
为什么最显赫的最令人崇拜的
是那在黑夜里诞生的
胜利之神?
而“胜利”的腰带上
喷射出的辉煌的慧星
为什么总是与熄灭连在一起?

听说古埃及人用羽毛
作为秤盘的砝码
用以测量灵魂
其实灵魂的轻重
荒谬得无与伦比
明明对事物的短暂不胜伤感
偏偏处心积虑要为不朽而生

胜利也曾收买我，黑夜里
胜利向我扇动翅翼
我居然骑上一头云马
飞去世界的峰巅
快了快要接近了
只差那么一点
霍然从床上弹跳起来

似醒非醒
才感觉自身处于危楼的尖顶
吐着火焰的洪水
从海底咆哮而出向我包抄
群鬼哄笑
对我喝着倒彩

在此生命攸关的瞬间
没有人和我分担绝望
我一下子学会了崇拜
我崇拜一小块
能供我落脚的土地

正在读你

我正在读你
因为我也有个长夜
读你如坐春风
去赴酒神的节日
连狂欢的虎豹都拉着载酒的车子
你可以想象得到我的陶醉

人家说书上印的
并非你真实的名字
管你是谁，被诗选中的人
绝不会为流行时尚精选一副面具
我看见的只是个出远门的人
把孤村情结
拴系于月光下的故园
然后闯入世界之都
热恋且冷战

爱与恨悔与悟
耻辱与缺失
都暴君般将你奴役
你挣扎你奋斗甚至逆来顺受
把自己变成蛹让痛苦层层包裹
咬破了茧才开始飞翔
人家以为你天生就有翅膀

其实是你明白
不管天翻地覆人总得要生活
你也明白
胜利不属于个人
胜利属于时间
夕阳的流苏何其绚丽
谁能抓住她飞逝的披肩
低下头来长跪在无限面前

从苦闷的怀疑中
你找到了神的恩宠
缪斯赠你一支魔笔
你为叹息留下真正的叹息
把叹息化为颂歌
让人类的心灵怡然共处

因此同情在我们身上
融入血液、目光和手势
我一眼便认出
你就是沙枣树下的那个小弟弟
里尔克的眼睛，上帝的儿童
正在地上画一些秘密通道
并琢磨该从哪里走出迷宫
我的梦
已飞回那个蓝润的夏暮
为你最初的沉思欢呼！

陶土的灵魂

诗人啊
你的寓言使我震撼
那个被拴在车轭上的童工
和你自己多么相似

那孩子朝夕搅拌着黏土
日夜流着眼泪
火将黏土
烧成精美的陶器
火将眼泪
烧成欢乐的笑声

会笑的花瓶碗碟
成了稀世珍品
这个非人的人
成了陶土的灵魂

诗人啊你是不是
也有一滴眼泪在火中凝炼
所以才写出那些无用的
却教人永远动情的诗

我被梦找到

梦比夜长
我被梦找到：
从巴山夜雨中启程
为赴约夺门而出

鸿蒙未开的那边
沉睡着我盟订三生的爱人
等待我去唤醒
我必须恪守诺言
幸运和厄运
都不能惊残我的好梦

前路微茫不定
傍晚的天空又冥合下来
月亮挣着一只冻僵的眼
望着寥落的篝火取暖
已经可以看见
一些飘忽的身影
但那种装扮和言语
仿佛是临时人类

道路漫长
经世纪的寂寞
鬼魅的荒原人面的荒原

荒原永远不诉说
为唤醒而来的步履
不能迟疑
神圣的相约
只能太阳一样如期升起

啃了最后的干粮
盛满红酒的银壶已破
去复活岛的清泉
洗净我身心的尘埃与怯懦
清洁最珍贵
清洁使人面对困顿而自我感奋

向着坚实和完成
春天来了
春风带着鲜花和筑巢的故事
呼唤他的名字

他的名字
使我尘沙迷蒙的眼睛
顿然炯亮
老远就看见：
延亘无边的沙浪之中
驶来一艘船
闪光的桅杆上
悬挂着“好梦成真”
我明白这是幻船

它能载你抵达你的意愿
如果你有能耐
跳上它的甲板

天堂到底在哪一个角落

高更眼中的法兰西
繁华、热烈而堕落
文明使它
失去了生活的神秘

高更走了漫长的路
去沐浴塔希堤的月光和泉水
从蛮荒的白马的梦态里
找到了盖世的瑰丽
他的画笔征服了法兰西

高更临终之前
看着孩子们做游戏
一个孩子问：
“天堂在哪一条街”
所有的回答都是：
“天堂在别处”

这个高贵的野人轻轻叹息：
天堂到底在哪个角落？
我寻找了一生
何曾得见那苍穹中的
天堂的尖顶！

第二辑

普鲁斯特的蔷薇

相遇尼采

散步的时候遇见尼采
他正从湖畔的树林中出来
我想跟着他走
又怕把世情看破
人说他儿童的双眸
曾经把大理石的墙
看得纷纷倒塌

在罗马
在喷泉淙淙的凉廊上
他听到了“夜歌”中的叠句：
“为了不死而死”
百余年后的今夜我也听到了
微妙的战栗传到脚尖
一种蓝天的孤独
逼我再一次和尼采相遇

我仍然想躲开他
但总也躲不开查拉图斯特拉
他从高山下到尘寰
长袍飘举视线可达星辰
闪电般的雄辩和警句
向着谁也没有预测过的未来
发射！

他把不朽的深度带到我面前
不由你不倾听他

倾听了他便乱了秩序
我暮年的这块休栖地
不但不肯再作死亡的演习
竟然长出莽莽春愁
我的另一个我
在失去方向的迷茫中
突然准备出发
并且想把道路卷起来
随身带走！

普鲁斯特的蔷薇

逝水年华已成追忆吗
河水逝而犹在
普鲁斯特旧居的野蔷薇
盛开如昔

朝圣似的全世界的人
都来到孔布蕾
为摘一朵普鲁斯特的花儿
佩于心旁不让萎谢

这个由诗意造成的人
在有眼睛之前就先有眼泪
他自幼被疾病所困
只能把沉沉帷幕撩开一线
窥视天空

但他的目光
并没有茫然若失
痛苦与回忆
做了他的两位缪斯
失去了广度却获得了深度
这个柔弱的人
毫不柔弱地开采了他的矿脉

隔着世纪的黑夜蔷薇如火
照着我读他的杰作看见他
以一种重压下的优雅步态
从书里走了出来
明亮的黑色的眼睛
带着淡紫色的眼圈
忧伤沉默
蕴涵着
大海的负担与忍耐

乔治·桑

她像一股驱逐死亡的春风
穿过肖邦委顿的长廊
即将凋零的花儿
魔化成鸟群
气势如虹地飞向广宇
从那狂欢的琴键之上

梅诺尔卡岛的炊烟
结束了它的黑夜
阳光白云和清风
向生命向爱情
撒下了音乐的甘霖

再没有比最能匹敌的人相爱
更为美满的了
可太美满的世界总嫌太窄
未来悄悄地破坏着现在
这个沉醉的女人的胸襟里
醒着一个无法餍足的天才
天才是独来独往的灵魂
只能自由地服从缪斯

烛光幽微的香巢
岂是终老一生的所在

当两翼生风的黑马
在下弦月的深邃里嘶鸣
她剑一样的灵魂出鞘了
冷不防伤害了自己的至爱

于是这位“自由女神”
这位“眼睛如月光”的女人
一夜之间
成了“音乐的戕害者”
成了炸药和引信

历史
总是囫囵地吞下了许多谜
然后长成使人怅惘的词汇
其实两个人两个星系
相吸又相斥
人间天上从来如此

乔治·桑啊
你是否也曾叹息
你的《康素爱萝》
安慰了那么多
心有创痛的人
怎么不能安慰你自己

梦见邓肯

梦啊，请你留个余地
我怕不得醒来了
我的心灵微震
我的凝视幽远
——我梦见邓肯了

邓肯站在海滩上
赤裸着四肢
烟云中飘下一袭轻纱
一条澄川，萦绕着她
受到天启的前额
立即神采飞扬
灵魂的黑眼睛
露出激越的狂喜
柔波的双臂
伸向辽远的天际
她
月光般地荡漾起来了
升浮起来了

不知从何处而来的音乐
在她莹洁的身体内流动
被音乐之雨洗涤过了
这月亮国的女皇

更显得清辉四溢

清辉的流动不可捉摸
比灵感的出没
比花香的明灭还要幻魅
纵使能让石头沉思的罗丹
也难以凝定她舞蹈的风韵

我只觉得
她轻纱扇出的微风
平息了我灵肉的创痛
我只看见她轻纱透明的影子
越过世界的原野
所有的高峰
都在她的脚下

最初的崇拜

——怀念一个无名的抗日英雄

记忆的河岸画卷般舒展
一匹黑马飞奔而来
穿过闪光的雨云远去
那个在马背上思想和睡觉的人
今宵要到哪里

我闭目驰神
努力追忆他的面貌
坚挺的下巴略带冷峻
眼睛里的微笑
一缕晴空中的凉风
眉宇间笔直的皱纹
有一种不自觉的尊严
纯粹一个有家有室的男子汉
他的锚落在和平的港湾

只因为敌人的铁蹄
踏碎了他的山河
深重的悲痛
凌驾在他全部的情感之上
这个平凡的人便舍己忘我
便去雪耻去救亡

去拼掷他高贵的头颅

何须青史记载他的名字
他和他捍卫的土地一样常青
没有知音的英雄只是偶像
而他遍地都是知音
我的光荣是：喊他三表叔
我在那研究星星的年纪
需要膜拜这样的人

三表叔到敌人后方去了
这是大人们最兴奋的话题
那阴霾笼罩的峡谷
终年是山鬼悲啼风嘹月唳
自从一支游击队从天降临
林莽这个巨大的墓地
脱腐朽而重生
初醒的曙光恋栈的夕阳
都轮流在这里守护
黑夜的篝火思接千古
火种里升起的风云
从昔日叱咤到如今

那座峡谷又远又近
近得与乡亲们共一个胸膛
呼啸的牛角秘密的切口
都在这共同的胸膛里奔突

一切出奇制胜的故事
天籁般抚慰着不眠之夜
驱除恐怖报着平安
沿着所有的路径
向着所有的窗子

可惜当年我太小了
只能在梦中追随他的马
当我懂得做亡国奴的痛苦的时候
真想到他战死的疆场
抓回一把染着他碧血的黄沙
而我这个未出过远门的小女孩
对英雄的血只能用眼泪铭记

谁知这热血这泪水
竟是我成长的滋养
当我在人生的逆旅
遭到灭顶之灾
将我复活又将我高举的
竟是这最初的崇拜
所以我不能说
“今天没有英雄”
我总觉得透过当代的负重者
昔日的英雄依然带着春光
走进我的严冬！

风的回忆

——纪念蔡梦慰[1]烈士

浑身绑着匕首的夜，
披着黑色的大氅，
匕首的尖端透了出来，
一排排食人的牙齿
在大氅上闪亮。
这是蜀国的一九四九年的冬夜
淹没在血泪里的最后的日子。

那一夜，
我在歌乐山上愁惨地徘徊，
呜咽着，飞旋着，
去和蔡梦慰诀别！
可是我来迟了，
我的诗人已经倒在松针上了，
他那配戴桂冠的头颅，
为中国的解放戴上荆冠了。
只有那双渊默的眼睛大睁着，
若有所待地望着天际。

从他才华横溢的心中，
流出的每一滴血，
都渗入了大地的胸膛，

大地伸出双臂，
拥抱着战斗归来的儿子。
可是我来迟了，
只能吹下一片树叶
去轻轻覆盖他的伤口。

我怎能离开他呢？
从前，我经常是与他同往的。
那时，蓝色的嘉陵江
从晨光中初醒，一缕阳光
瀑布似的倾泻在水面上，
他站在扬着三角帆的船头，
开始一天辛勤的奔走。
我吹拂着他蓬松的头发，
他吸入我醇酒般的芬芳，
他的心，鹰一样振奋，
飞向高远的苍穹。
波浪竖起千万只耳朵，
谛听他对苦难
唱出的欢歌。

就为了这首歌，
他被关进黑牢
我从瓦缝里探望他，
他仍然在唱：
“即使剪了翅膀，
鹰，曾在哪一刻忘记了飞翔？”

听，他的歌声仍在回荡啊，
巍巍的古松啊，
你的枝头栖息过雄鹰，
你最了解鹰的天性，
诗人在就义的那一刻，
把他的诗篇藏在哪里呢？

踯躅在无边的荒原上，
我萧萧瑟瑟地寻找，
找遍了树梢和低枝，
找遍了荆榛和石穴，
终于在一丛蓬蒿中
找到了烈士的手稿。

第二年春天，
蓬蒿中长出一株蔷薇，
两片齿形的大叶，
像带着镣铐的双手，
托起一朵如火的蔷薇。
我被它的馥郁召唤来了，
我被它的壮丽征服了
从此，我从这里吹到那里，
做一个传播真理的风媒。

①蔡梦慰：四川人，新闻记者。1949 年重庆解放前夕牺牲。在赴刑场途中，他将长诗原稿——《黑牢诗稿》抛留荒草丛中，重庆解放后被发现。

与石像语

总以为你坚不可摧
只能站在山坡下仰望你
如今发现了你的裂痕
才感觉我们是同类
才径直走向你
走近了
细看你头上的桂冠
原来是嵌进血肉的荆棘
怪不得
你要以天老地荒的忍受
来冷酷你自己

走近了
说些什么好呢
虽然心灵面对心灵
是永无休止的潮汐
然而谁能摘除你的荆冠
时间无能财富无力
你的痛苦
是与你的艺术同生共长的
不过我已经走入你的创伤了
又怎么能退回原来的位置
我只有将我的胸怀
碎成一片梦土
浇下我的泪雨
试为你长出息痛的灵芝

诗人之爱

——祭曾卓

不开追悼会
不作告别[①]
诗魂远行
大美无言

在你深爱着的这个世界
你曾经输得铁骨铮铮
也许正因为如此
灵柩前的那片月光
才不肯将你悄悄埋葬

从百合花里传出笙箫
那个神秘的王国
派遣光明使者来迎接你了
盛赞你一生为爱而讴歌
洒下满天流星的壮丽

而我们呢
突然失去了你
连旧时的创伤都一一裂开
任何慰藉的香膏均是徒劳
不管你能否听见我们的呼唤

我们的梦魂跋山涉水
幸而知道忘川不是你的归宿
便奔向高峰寻找你的足迹

历史无情将人变成草芥
历史有情将草芥变成大树
根扎在悬崖的缝隙深处[2]
枝叶覆盖着天堂
我们打开这传世之作
你便从诗里走了出来

站在苍凉与磅礴的背景之前
一个强劲的率真的天性
尊严仁爱兄弟般亲切
依然穿着如茵夫人给你制的
那件玫红色格子衬衫
入世而飘逸

尤其令人激动的
是嵌于你眼角的
一颗千年的琥珀液滴
那是“老水手”[3]
用来为浩海的船只镇住风暴的
——一颗大忧患大悲悯的泪
一颗属于人类的爱之泪
它非权威它不雄辩
更没有刀光剑影

然而它使所有诚实的心灵相信
唯有爱（这内在的光明）
才能教人变成自己
唯有爱（这人性的精华）
才能维系人类的文化永远不死

①曾卓遗嘱："不开追悼会，不向遗体告别。"

②③参看曾卓的诗《悬崖边的树》和《老水手的歌》。

桥上的铜像

火把枪刺
押着他来到桥上
仍然是那样庄严的天庭
不可辱的眉宇
他手抚胸前
嘴唇紧闭
暴君的大臣
最后一声命令：
说出王妃忏悔的秘密
不说沉江而死！

而他是神父
——上帝的使者
他倾听过忏悔者灵魂的哀歌
必须忠于职守
出卖别人是自己的耻辱
大节不可夺

当生命与正义不可兼得的时候
还有别的路吗
阴云密布的天空
骤然绽出一道月光
河面上
亮出一条路的形状
他纵身一跳

沉没升起
他的荆冠永远在水上飘流
崇敬舍生取义的人们
为他铸了一尊铜像
他忧郁的眼神
悲悯地望着这个世界
好似他
刚从合拢的漩涡中
上升起来

晨光中

钟楼里飞出一声洪钟
你又挨过了一个黑夜
天意微茫难测你的去向
一枝短笛
从背囊里探出头来
仿佛在听
那群马奋蹄的回声

我猜想你
是因为泥足的巨人坍塌
再没有偶像来寄托梦幻
所以要去寻找并完成另一个自己

光与光之间互不相碍
人不能孤立存在
未来的某一天
当我从动荡不定的船上下来
走上信心的大陆
也许能和你
在“吗哪”降临于荒漠之时
惊喜地相遇

背影

他站在山岗上
背影比山更为凝重
完全浸入深沉的静止
石像似的一动也不动
在看长河的落日吗
也许江水正沿着夕阳的光线
丰沛地注入他的心中
从那向后飘拂的头发
我看见了他思绪中流动的风

他在想些什么呢
一种参不透的沉默
横亘在我们之间
这沉默像充满大气的
草木的馥郁
我不愿意把它驱散

虽然我看不见他的脸
但我知道他从来没有
比这石化了的时刻更为活跃
那被壮丽山河激起的热情
连同明丽的夕照
都在他的目光中熊熊燃烧

诗与现实的联合王国
（这伟大的双重世界）
已在他的眼前展开
我不敢走近
更不敢呼唤
此时此刻他属于他的创造
我只能远远地远远地等待
等待这一尊云石的雕像
如何容光焕发地
转过身来

读一张照片

站在异国的街头
如入无人之境
你的凝眸幽远
想必是那种被史诗和童话
所主宰的人

街头是梦想出征的策源地
在天空与混凝土之间
你以东方的文静
掩饰着心中的那一团
沉默的烈火

看起来你大概已经领受到了
在大都市里的贫困与孤独
比任何穷荒绝域的生存斗争
都来得更为酷烈

昨宵你宿在哪里
我仿佛看见你步履匆匆
穿过一街霓虹的光晕
消失在林荫道的尽头
是不是
要找一角宁静一张长椅
去读你背囊里的那本
华工奋斗史

过自己的独木桥

悲伤身上总是有着童年
诱惑人远走的又催促人回归
盲老人眼前一片漆黑
而渴望高举起
浇了树脂的火炬
回家的路
凌空一条独木桥
那儿有座断崖
如猛兽张开巨嘴
桥下的深渊伸出手来
拽走了多少英雄剑客

但是儿时放摇篮的地方
不就是人最好的葬身之所吗
他必须回去
谁的一生
都要过自己的独木桥

面对着畏惧这个顽敌
他开始武装自己：
把鞋子脱下
用草绳串起来
搭在肩上
赤足就有了立锥之地

如同张弓拔弩
把全身的毛孔张向亘古
赤足顿成了猿人的利爪
抓紧了桥身抓紧了命运
一步一步向前走去
急流飞石的喧
都消逝天外
他的专注
犹如创世纪太初的上帝

幸存者

幸存者是被留下来作证的
证实任何灾难
都不能把人
斩尽杀绝

戴着死亡的镣铐
走出灰烬
在宿鸟都不敢栖息的废墟
重建家园

不管昨夜的狼烟
如何使你一无所有
当黎明到来的时候
仍然充满感激
因为每个黎明
都给希望准备一座天堂

朝着黎明
走在已埋葬的岁月之上
幸存者不诉说回忆
心中的要塞
沉默如雷：
生活永远始于今天
在应该结束的时候
重新开始！

囚禁在记忆里的画

我把这幅画囚禁在记忆里
而它如大漠的飞镝
总是出人意外地发射出来：
乌桕树鸟巢
落日下一座孤坟
孤坟不孤
守护着它的
是一个老妇的凄怆的眼睛

人对神位的窃据
所造成的那片屠场
早已被春风秋雨清洗干净
无辜者躺在死亡谷里
嘴巴再一次被泥土封上
而这个失去亲人的母亲和妻子
仍然孤悬人海
把被打成碎片的自己
重新拼合起来

每当红日从鸟巢后面坠落的时刻
她便走出篱栅
走入云色风声之中品尝灰烬
围着那合葬父子三人的土堆
上百次上千次地绕圈

不是几天不是数年
整整大半辈子
她就这样
睁着一双凄怆的眼睛
围着那座坟墓绕圈
荆棘开花了
刺痛了自己
荆棘喊道：
停住，时间！

石像的尊严

一尊废弃在地的石像
从山上走下来
深夜里穿城而过
他的手抚着胸中的剧痛

那些躺在坟墓里的
古罗马古埃及的英雄
是被文艺复兴的狂飙唤醒的
我们的伟大的殉国者
是被谁惊起的?

他是来看他的故居的
他听到风声了
今夜的月光
仍然洒在他横刀立马的战场上
而他的故居已经面目全非了
世俗以平庸包装壮丽
为他“重铸金身”
用假金假银
将它改造得一派华贵
这哪还是他的铁血雄魂
简直是帝王后宫的总管

这为了什么

为了招徕游客
金钱是个暴君
总是企图用自己的形象
来塑造英雄
把自己和别人一道欺骗

将军的尊严被侵犯了
他可以蒙尘决不可蒙羞
他掉头就走
他此刻的面容
闪耀着沉默的冰雪之光
隐身到石像的碎片中去了！

有一个名字不忍提起

有一个电话号码是我的禁地
有一个名字不忍提起
夜色入冥夜色不准遗忘
阳台上的火玫瑰轻烟缭绕
魂兮归来!

太阳熄灭有重生
熄灭了的生命之灯
还会亮起来吗
那被多少人拜为偶像的人
后又被称为“敌人”的人
已被死亡的马蹄追赶上了!
那为祖国承受过深重苦难的人
那为世界揭示过诗的力量的人
已付与尘土和光荣了!

朋友们啊莫叹息
任哀伤的眼泪
淹没这心底的波澜吧!

整整一生
命运都在监视你
如今严酷地审判了你
终于认定你一生光明坦荡

地狱不是你的去处
请你住在历史的书架上

那里很神圣那里很冷
想给你送寒衣去
可我进不了历史的门
趁朦胧夜色
我把那条长毛绒大围巾
包裹好了
放在守门的狮子背上
托它交给你

神石

枣红的岩石恐怖
灰黑的岩石饥饿
苍青的岩石冷如坟墓
这三个前朝的遗老
每当薄暮时分
等待着一个老妇人
老妇人总是准时到达
轮番坐在这些石头上
坐进生命的初始
深深地深深地
喘一口气

久而久之
岩石上出现了人的手印
与那已经消逝的
巨兽的脚印重叠
印记的四周
还有些古怪的铭文
或许只有猞猁的眼
才能看穿它们
于是这座山成了名胜
旅游业点石成金
有一天寒鸦传递紧急情况
乡长来了宣布一条禁令：

谁都不许坐在这些神石上
违者严惩！
但同时给老妇人以安抚
送她一张红木椅子

而她的心一直沉入井底
她不敢在山里号啕大哭
怕加速雷雨云的形成
只是紧紧地紧紧地
倚靠在岩石上啜泣：
“这是我的苦难石
你们把我的痛苦抢走了
叫我到哪里去休息？”

小河梦

我睡熟了，忽然感到寒冷
周围是浩淼的海水
星光辽远，风却很近
我渴望有棵挡风的树
渴望使幻景长得很快
茶几上小小的圆柏
顿成千丈扶桑

扶桑发荣在旸谷之岸
太阳在旸谷里沐浴
那幽冥的声音又飘过来
“我想去上古的温泉过冬天
窗外的小河太冷了”

窗外的小河有株柳树
自从苔丝特蒙娜唱过“柳之歌”
河水变得可怕地冰人，因此
不能使奥菲莉亚温暖过来了
奥菲莉亚月光般的裙子
永远在河面上漂流

今夜也有月光
月光雪似的落在河谷
不，月光不是落下来的

是从我们心中渗出来的
——十八年前的一夜
我和一个扮演奥菲莉亚的姑娘
曾在这河边徘徊
把月光吸到心中去来

那一夜，我们向往火
可是，血红的彗星划过天空
只发出一阵火灾的呼啸
不几天，她就在河里沉没
老弯了的柳树更显得凄凉

那幽冥的声音又飘过来
“我想到上古的温泉过冬天
窗外的小河太冷了”
我被冷醒
朦胧中摸到滑落的被子
窗外的小河很温暖
在初升的丽日下冒着雾气

在假面舞会上

你无言地向我走来
邀我共舞
如往昔的微风
飘送着沉沉思绪
你是谁
隐藏于假面背后的眼神
为什么又困惑又惊喜

若你是他
可还记得那冬雪纷飞的夜晚
我们没有炉火
曾以梵高的颜色御寒
那时人间没有舞会
我们聚首只为了等待
鞭声渐近的离散

悠悠岁月终于捎来了信息
说他早已死了
死在逐客离人的荒凉里
我不相信：
一个烈火熊熊的生命
怎么就这样化作流萤凄迷

真想去那谜的废墟

采一株梦草
让梦来证实他的生死
可是谜的住所没有路
它不准人洞察它的幽微
何况我本也是属于
最喜欢含糊的人类

今夜我恍惚看见：
那全身陷进沼泽的往事
努力伸出一只手来
不肯沉沦下去
你到底是谁

为什么你的舞步有些徘徊
有些醉意
掩盖着你头部的彩翎
是暗示凤凰再生吗
还是随意装成的神秘
你到底是谁

红舞鞋

她的导师从一个梦里醒来
给她做了一双红舞鞋
她像穿上了旋风
红舞鞋和她共一个灵魂
黑亮的长发纷披下来
系着那个梦，疯狂飞舞

鸿蒙未开的草原
没有繁华的踪影
只荡漾着一脉水仙魂的月色
红舞鞋在月下时明时灭
化作两朵漩流的火焰
绰约的缥缈的
红云似的火焰

红舞鞋啊
你这使心灵震颤的美的魔鬼
——导师正在暗自赞叹
又突然惊惶地呼喊起来
“停止！停止
不要做幻想的玩偶”

可是，她已经飞得很远了
她已经沉入醉心融骨的热烈

“原宥我，我的恩师
我很累，红舞鞋却不肯停止
舞蹈已成为我生或死的需要了
我只能以躯体去取悦灵魂了”

飘飘的银髯拂着尘土
导师追赶着，近乎哀求：
“回来吧，我的孩子
越过草原就是林莽了，林莽
是猛兽、热病和食肉蚁的王国
是一个不泄秘的大墓地
在那里，你的天才和美貌
将会物化形销
只有在聚光灯下
不朽的殊荣才是你的”
“不，我的恩师，我不回
红舞鞋要去畅饮人生
红舞鞋有大的饥渴”

她回答着，飞舞着
消失于暮霭与荒烟
导师像一尊会流泪的铜像
呼唤的姿势凝冻在草原
——对着那怅惘的天际
对着那无影的空虚

天边黑压压的垛云，霍然

射出一条辉煌的火蛇
迎着狂飙作回天之舞
裹挟着豪雨和炸雷

导师骇然跪下
“大自然啊
你这永恒的启示者
让我膜拜你
在制作红舞鞋的那一夜
不正是这种壮观赋予的灵感么
我怎能阻止她
她本是带着我的梦幻飞走的”

小人鱼的歌

亲爱的
你听到我的呼唤了吗?
我是一路踏着自己的眼泪走来的,
我是你的小人鱼。

你的城楼正临着我的大海,
我每天早晨在明霞中瞻仰你的风采,
我的思念老是缠绕在你身边,
就像那丛林上带着清香的烟霭。

有一天,我终于从深渊里跃了出来,
去投奔有你生存的美丽的世界,
但是,可怜我只是个人鱼,
怎么能够走进你的家?

感谢安徒生给了我启示,
我忍着剧痛割开了自己的尾巴,
获得了会走路的双腿,
不管付出了怎样的代价!

当我走进你的宫廷,
我看见你在白云下踱步的身影。
我要献给你一支歌,
它渗透了人间最美的柔情,

可是我唱呀，唱呀，
却发不出一丝声音。
啊，上天赋予我的芦笛哑了，
美妙的舌尖再也不会说话。
这是从哪里飞来的横祸，
一霎间毁了我的欢乐。
啊，记起来了，
啊，多么可怕！
一定是那个畸形的巫婆，
我在安徒生的童话里看见过她。
当我走进宫廷的时候，
她从旋梯下闪了出来，
半曳着阴森的黑纱，
半藏着血红的指甲，
她双目眈眈地注视着我，
用红黑斑斓的蛤蟆碰了我的发尖，
这残酷的妖术，
顿时把我变成了哑巴。

表达爱的声音没有了，
而心呢，却在爱，
说不出的爱虽然压碎了我的心，
但又怎能教人理解！
我的流盼，我的眼泪，
千万种情思，
只能紧锁在双眉里，
我的忠诚，我的温柔，

对着冥冥的上空，
只能发出无声的叹息。

而在你的宫廷里，
有的是歇斯底里的喧嚣，
到处是说谎、告密和诽谤的叽喳，
到处是鸱枭、恶狼与凶鹫的狂笑。
那鸩鸟在酿制了杀人的药酒之后，
沾沾自喜地梳着她有毒的羽毛。
我痛苦，我愤懑，
我怎能忍心啊，
看见你光荣的桂冠，
被他们肮脏的脚任意蹂躏！
我悲伤，我忧戚，
我怎能忍心啊，
看见你汉白玉的圆柱上，
溅满你的忠臣的血迹！

那鸩鸟看出了我的心情，
加给我“居心叵测”的罪名，
他们把我流放了，
要我永世远离你的都城。

在荒凉的边陲我看不见你窗前的火焰，
我思念你呀，日夜里心摧肠断！
当我吮吸着草根充饥的时候，
我向大雁询问你的冷暖；

当我寻干柴从悬岩上晕倒醒来的时候，
我向苍穹祈祷你的平安。
我真想冒着危险回到你的街头角落，
哪怕在石阶旁仅仅看见你一眼！

……

感谢那北溟的鲲鹏，
为了你的灾难它怒气雷动，
它展开若垂天之云的羽翼，
扫除了毒雾妖风。

我是多么欢欣，多么亢奋，
我哑了的喉咙又发出了声音。
我的第一声呼唤
就是朝向你呀，
亲爱的，我要回来了，
我要投向你的怀抱！

转过身来，我悄悄地对着镜子，
怕韶华已经流逝，
我那光泽可鉴的云鬓，
至今尚存几许？
啊，那给我红颜的青春的血液，
早已化作了扇上的桃花，
让扇底的清风，
把我的忠贞传达给你吧，

我就这样老死在深山，
守着黄昏寂寞的流霞。

啊，不，不！
这种想法多么令人羞耻，
志士所倾慕的岂是芳姿？
我既然相信我的爱可以使你辉煌，
为什么我要徘徊踌躇不敢爱你？

快起程，快收拾行装，
去奔走，去跋涉，用尽我最后的力量，
我要用我的吻擦拭你生锈的长剑，
我要用我的泪洗涤你周身的创伤，
我要用我的心香去熏尽你室内的腥膻，
我要用我的才华去建造你雄伟的殿堂。

啊，亲爱的，我朝你身边走来了，
你听到我的呼唤了吗？
我是一路踏着欢乐的眼泪走来的，
我是你的小人鱼！
也许还有一双嫉恨的眼睛，
在向我们的幸福侧目而视，
我的至高无上的爱人啊，
我甘愿为你死一千次。
当碧血染红了我的白发的时候，
让你再享受我心灵的春天吧！

回答

——给 SN

无法回避的命运
使我们在这旧日的港口重逢
别升起你目光的风帆
我不会再上你的船。你说
昔日的某种东西会重放光华
是的，紫红色的石柱
是古罗马废墟上的绚丽
而我们的往事
是最猛烈的森林火灾
没有留下一片绿叶

不要空谈什么“内疚”了
你今天所说的和当年所做的
对于我，都是突然袭击
正像从前我并未接受失败一样
如今，也不接受胜利
长夜和内心风暴已经过去了
我只不过做了自己痛苦的主人
并不稀罕做一个战胜者

生活总是把人带到远方
我已向消逝的河岸告别
还向我请求什么宽恕呢

当我的心一边流血的时候
一边已经宽恕了
不会有复仇神的青铜断肢
半夜里去敲你的窗子

在你青云直上的途程中
你已经骑过无数的驿马了
我早已把你送到那一站的终点了
何必再向我侈谈友谊

如果你是想用感伤的轻纱
蒙在那可怕的往事之上
编一出传奇去赚人的眼泪
那么，不要以高雅的惆怅
掩蔽本来的气质
照实写吧
把那文明的溃疡写进去

渴望麒麟

一

成吉思汗最大的幸运
是在远征的途中遇见麒麟
这和平的神兽
启示他熄灭战火而凯旋
——避免了生灵涂炭
如今麒麟哪里去了
都市没有麒麟
都市生活
好似一场永久的战争

二

各种流行借口使我们完美
却如同各种武器
从霓虹筑成的街垒上
朝我们射击
一不小心就会在经济的花园
踩响军事的地雷

广告学会了孙子兵法
常常以诈力取天下

艺术成了传媒的战俘
不再为心灵的自由服务
只能在金钱的枪刺下叹息
——生活仿佛在别处

智慧、勤劳的桂冠皆被打碎
都市的图腾是“机遇”
真正的精英处于边缘
怀抱千秋伟业的理想
却为每日温饱心力交瘁
因为运气不朝你看
你便什么也不是

而角斗士、吸血鬼和冒险家
往往得心应手
只消打开那诡秘的魔盒
于迷雾中摇身一变
即成了吞金饮银的巨头

然而
人是梦这样的材料做成的
移民潮依旧年年涌起
当彩虹出现在天边
人们总是相信
乞丐在远方找到金河的故事
只有醉醒后的黎明知道
建一群摩天大厦并非很难

难的是保持一寸身心的贞洁
破碎的感觉在空虚中弹出回声
流浪者说不出自己的遭遇

三

唉，人世间不单是
普希金才厌恶都市
而谁又有乌托邦可以逃离
人类早已走出童年了
回归仅仅是个怀旧的新词
既然不甘心茹毛饮血
就只有把迷恋和创伤
与都市紧紧地拴在一起

巴黎不也是罪恶的渊薮吗
谁又不倾倒于它盖世的瑰丽
为了不让希特勒的战火
烧毁这世界的花都
多少尊贵的生命
以自己的热血去扑灭
上海不也曾被称为地狱吗
谁又不仰慕它东方之光的殊荣
为了不准侵略者践踏
八百壮士孤军奋战
作出了震撼灵魂的牺牲

四

因此我终于明白
都市是人类前进中的命运
要前进就只能与之共死生
我产生了一个渴望
不管如何痛楚我们
也要拓宽自己的心胸
宽得能驻入一只麒麟
走出一个和平
让睿智、镇静与祥和
成为我们从容不迫的优雅风度
使纯洁、秩序与繁荣互为因果
而且要尽快拆除
大街小巷的心理樊篱
让其成为同情与友谊的通途

家在路上

家就在你背上
却叹息何处是家
无家的感觉随身纠缠
许是对生存的恐惧
许是旷放的梦幻使然

在那听见
你第一声啼哭的瓦屋里
你度过了充满香泽的童年
为什么要离开
因为青春要背叛
雪莱把名字写在水上
劳伦斯把名字写在虹上
你真正的姓名谁也不知道
只有让远方来呼唤

从异乡漂泊到异乡
无家的惆怅如影迷
也曾遇到过没有风浪的海湾
成为你与自己的战争
签订和约的地方
但你不是广场上的石像
不能老以同样的姿势呆着
于是又上路了

上帝造路是为了让人奔波

路的形象是乌云中的闪电
独立而自由
从它的闪光中
你看见先辈们总是在走在走
从黄河徒步走到南海岸的
是深圳人的祖先
点燃当年美国西部火种的
是马背上的异域寻梦者
还有那位死于一个时代
不死于一切时代的苏格拉底
早就说宇宙是他灵魂的故乡

尘寰不会路断
我们的家也在路上

我的终点在前方

这风，也许负有什么使命
从天涯那边吹来
掠过湖面
划下一片涟漪就走了

我的列车也像风
从许多车站擦身而过
一路鸣着汽笛
直奔遥远的前方

看见绿树丛中闪动的波影
草堆旁边带阁楼的小白屋
以及白屋里桔黄的灯光
我真想下车歇歇脚
睡一夜没有梦的觉

我还是让它们向后退去了
这些小小的温柔的宁静
看一眼就尽够了
这里不是我的站
我的终点在前方

我想漫游

老是坐在斗室里吃药
通过名言和概念认识世界
我怕我的衣服、身体和脑子
全部都用旧了

我想看天际快速移动的云墙
我想在地球之外看地球旋转
我恶厌围困我的有形的墙
和无形的边界

因而我想漫游
在那与群星共飞的旅途
灵感将会不断回归
大野流动的月色
将唤起我沉埋了的
往昔的激情

我想漫游
无奈疲乏的肉体
与精神的翅膀
不能结伴而行
在我荒谬的现实中
久病的日子是一头羊
在不长草的后院里

被一个倒路鬼牵着兜圈子
不知道外面
尽是青青的草地

我想漫游
我的灵魂在偷听一个
内心的责备:
你为什么怕
舟车劳顿会加重你的病
你为什么只依恋这张床
生怕在外面猝然而死

你仰望吧
太空是繁星的背景
死亡是生命的背景
你俯视吧
你的适应性还比不上一段软木
它漂流在风浪中
却不会沉没

窗是天的进出口

我也曾为野心所驱使
不顾自身的快乐与情趣
如今
我只渴望一格窗子

不仅为了他乡日暮思念灯火
不仅为了夏夜短梦需要微风
其实是我终于明白
——窗是天的进出口
任风云日月自由往来
教人活得海阔天空

不知圣赫勒拿岛
是否生长过“窗”的渴望
那伟大囚徒在石室中踱步时
是否悔恨他在皇宫的忽略
——很少凭窗注视远处

再没有比“注视远处”更惬意的了
所以我要一格窗子是属于我的

我知道已经有许多人
为占领一格窗子心力交瘁
我的这个渴望
恐怕又是另一种愚昧

这也是一个世界

洪水已经远去
猛峒河的岩壁袒露江边
我们的船
从沉舟旁边缓缓驶过
长达十余里的枯木、怪石和幽洞
既恐怖又美丽
这也是一个世界

一、在近处

那从石缝里伸出的马的头
竖起雄鬃
在向什么不可知的神秘长啸呢
盘于龟背上的蛇绿鳞闪闪
是在用眼睛催眠猎物吗
鹤的翅膀雪白地张开
是不是在想飞的刹那风化了的

二、在高处

那不是群猴吗
有的缩颈曲爪堕入沉思
恍若梦见了洪水前的原始森林
有的把手放在额前瞭望远方

煞像流亡者站在巉岩上
眷恋祖国的海岸
有的怀抱幼小的猴儿
母爱汪洋
有的翘起尾巴逗乐打闹
似乎天地间的欢乐
俯拾即是

三、在远处

那些面目狰狞的神兽中间
有一群牝鹿长着美女的头
她们以祭祀的舞蹈向空膜拜
以怪诞的柔情和天空交谈
此时的夕阳
如同一把红光迷　的大扇子
在她们的头上徐徐地
旋转旋转

四、在深处

那岩壁上的幽洞
在暮色将临时
幻化成古堡巨大的铁门了
我仿佛听到
马蹄得得的声音
与裙裾轻曳的声音

我等待战袍与裙裾分袂的场面
却久久没有人影走出来
只有几只黄蝴蝶
像残阳的斑点
飞入门内的静寂里去
门楣上方有口铜钟
亘古沉默悬而不坠
是几时发出最后一声报警
就喑哑了的?
门下一双双眼睛的空眶
青光凛凛向钟凝视
也许这些保卫者的血肉
是跟最后一声镗
同时消逝了的

大自然创造的杰作
使我低下头来
灵魂却在飞升
是不是
死去的不肯沉睡
特意来启发
人们的想象力呢

第三辑

当命运决定你沉默

赫然醒来

石峰在白昼沉睡
凌空飘扬而被抑制的欲望
沉睡在嶙峋的狂热的瘦态里
梦，在它头上流成云烟

当黑夜来临
星宿传来无垠之感
那石峰赫然醒来了
它，从黑色金属的披风下
伸出翅羽
一扇插入天空，另一扇张开
向我压过来
压过来
那丑陋而伟大的面孔
对我重重地凝视
以全部气魄洞穿我的灵魂

被震慑的心充满悬念
我想后退却站着不动
我用目光碰击着它
目光着了火
这才看清那金属的深处
有一颗心
激荡着希望的风涛

与期待的苦恼
我知道了
我认出来了
你这天国的流放者
你这自由的奴隶
我早就对你
怀着磁铁般的向往和忧伤
我早就听到你
奔马失蹄的声音
你是从那充满光荣、战斗
和盖世英才的岁月而来
你是负着自己的创伤
来抚慰我的创伤的

可是，我为什么站着不动
为什么不能投向你双翼之间
任凭你裹挟而去
我承受得住这隆重的爱么
我承受得住这拥抱幸福之前的精神重压么
也许，我才真正是一座石峰
一个永远被云雾笼锁的灵魂

海峡的水

海峡的水
从亮变暗了
郁结着思念的黑眼睛
就是这样
渐渐成为深夜的

海峡的水
从暗变亮了
有所期待的黑眼睛
就是这样
升起了黎明的

沉舟再起

没有月亮的月光
在天边幽邃
黑暗的波涛
出现一道裂缝
立即又神秘地封闭起来
里面有沉舟的残骸

沉舟梦样地开始动荡
以龙的姿势
冲出水面
舟中没有人
只有双桨在奋力地划

礁石露面
挡着路狞笑：
你要通过
必须猜我的谜

双桨划着
传来空阔的声音：
我已经沉没过了
早已猜透你的谜

宁静认识道路

都市当真那么荒淫吗
有人在旷野失足
有人在都市成圣

都市当真那么黑暗吗
有些东西
并非眼睛能够看见

都市的光明
不是洞天烛地的华灯
而是内心的宁静

宁静岂是无为
宁静认识道路
宁静清除人性的噪音

无论你的灵魂
漂泊到哪里
宁静都能把它唤回

一切失去的期待的
都将超越成败
与你来相会

月色很贵

都市里空旷的美
是属于金钱的
月色很贵
一般人买不起

我看月亮
是从窗户上的窗户
屋顶上的屋顶
努力去辨认
一丝可疑的亮光

今夜十五
在我的故乡
月色在园林里吹着笛子
所以我相信
月亮此时定在中天
——神圣的位置
不可能空着的

洪波中的一叶扁舟

戴霞的快车
驰过许多亮着风灯的小站
微茫中进入南方
洁白的阳台悬在半空
挂着一簇簇火红的三角梅
它们在等谁?

看相的说她将遇贵人而致富
戴霞蔑视凌霄木
但贫穷未必让人高尚
为独立赚钱是她的志向

钱这大都市的启蒙词
出现的频率高于一切
而对于戴霞
黄金是敌国
除了青春年华
她没有别的武器

诱惑对她说:
美女都有一条成功的捷径
而弱者自有其尊严
她不愿一生只当一天皇后
其余时间都做任人蹂躏的牲口

虎狼吞食羔羊是丛林法则
戴霞不承认
于是又失业了
外来的小人物无阵地可守
洪波中的一叶扁舟

退却吧回家去
黑夜里的灵魂需要安慰
但是跨出家门即天涯
怎能做折翅归去的游子
高一脚低一脚
不怕穿破漂泊的鞋子
孤零零一个
自己做自己的兄弟姊妹
她相信：依靠自身的温暖
把痛苦孵化成鹰雏
定会在某个黎明长出双翼！

局外人

他是被打工潮的魔术
召唤到这个世界来的
曾经有过的迷恋和创伤
都不容人后悔

他在乡下是聪明的橡树楔子
能劈开最坚韧的木材
而他热忱的钥匙
打不开名城的满腹心事

他一往情深的贡献
被上帝的铅笔
一头写另一头擦
他作出果实的牺牲
却不能在柏油路上发芽

天明他将离去
行囊空乏并不在意
只痛惜带不走完整的自己
他参与建成的繁华
瓦解了他原来的天地
一颗流星划过天空
将会落向哪里
流星怎么也成了局外人呢
既然有如此之大的天宇

郊外孤宅

紫丁香的手指已伸出墙外
紧闭的大门依然故我
也许有失意归来的游子
在里面低迷
也许有被弃的痴儿
在倾听鸟语

也许有一位老人
在完成他最后的华章
谁的弥留时刻
都不如他果实累累

疯女人跑着

深夜
在迷茫的街道上
疯女人跑着
是在追逐背叛的丈夫
还是为孩子
成了伤心的圣母
深夜
是落叶因死亡而自由的时候
疯女人跑着
像古老的记忆
狂吹着有劲的猎角

深夜发生的事情
只能静观
那钩残月
却用它犀利的幽光
莫名地刺痛了我

深夜狼嚎

都市的深夜
又听到狼嚎了
狼都在动物园里
目光暗淡没精打采
纵使对月
已忘记如何嚎叫了

都市的深夜
又听到狼嚎了
那是被恶狼围攻的往事
穿过地球的底层
在可怖地狂啸
时间的酸性
腐蚀了海誓山盟
也腐蚀不了那个声音

恶魔在我耳边低语

眩晕症复发
与怨敌相逢
无法夺路而逃了
为之奋斗
为之苦恋
为之流泪的
都任其落地成灰

我只祈求你
睡眠啊你这黑夜之子
请将我裹入黑雾
不让仇人看见
不让朋友看见
不要诗
不要我爱得太深的一切
决意以懦夫的行径
遗忘历史

然而我明白
这是恶魔在我耳边低语
清醒时的那个我
恐怕不会同意

当命运决定你沉默

剧烈的疼痛
攻破了
我最后坚守的阵地
绝望于一片精神瓦砾
哑然失语

偶尔入梦
却听见自己在呼喊
恍若隔世的声音
在湖面上回荡
冲散云层
给我一轮月亮

月光倾与病室
抚慰着一种孤村情结
从死谷归来的灵魂
必须独自
面对自己的上帝

当命运决定你沉默
人们说不能开口
但是我已经呼喊过了
怎能依旧
逆来顺受

失败

许多失败了的爱情
许多失败了的人生
最后都羽化了
变成了蝴蝶、燕子或夜莺
唯有我的失败最愚蠢
它变成了一只甲虫
又哑默又沉重

爱情只有在坟墓里才能不朽

手足上的珠宝
是星辰的精气为爱情造就的
墨玉的双眸
是为凝视爱情而灿烂的
青春高踞枝头临风顾盼
为祝福爱情的永恒举杯

素馨花的幽香从窗户进来
悲哀也跟着进来
嫉妒争权的烈火
烧焦了帝王的宫殿
只留下小说中的一片火光

每个人都是自己梦境中的怪物
老妇人醒来不知身在何处
那个韶丽的女郎哪里去了
这里是医院太平间不远
你还能有什么怨尤
爱情
只有在坟墓里才能不朽

死亡与浪漫

想死的人
是活得太少
别相信“死亡浪漫主义”
死了即是没了

卓越的浪漫
是那饱经沧桑的志士
在自己的废墟上营造领土
而且高度自治

辉煌的浪漫
是那争取自由的勇士
哪怕只剩下一杆临水的残旗
也要战斗到底

想死的人大多年轻
有的是时间来消沉
若是真的老了
便会策马于最后的黄昏

渡口

昨夜涨了水
渡船漂走了
行人站在岸边
眼睁睁地瞧着

一顷刻
正在将另一顷刻抛弃
前面的路很遥远
行人眼睁睁地瞧着

不知是谁
最先下到水中
最先伸出了手
陌生的人们
便紧紧地相携
俨然是生死不违的朋友

靠了相互的援助
陌生的人们渡过了急流
一到达彼岸
头也不回
便各走各的路

记忆

时光隧道越是黑暗
历史的灯火越是明亮
我的诗你是否认得
那是一个民族的记忆

记忆是不朽的底座
艺术的顶峰由此而起
我的诗你应该据为江山
永不背离

诗从深渊出没

物欲最喜欢的是：
迅速遗忘及时行乐
而精神
早已疲惫于浅薄

他需要一个深渊
以作肃穆的静思
诗从深渊里出没
正好和他相遇

灵感如花香

空气中
花香的来去如音乐
有时我将花摘下
拿在手里
就闻不到那种流动的美

诗思中
灵感如花香的飘忽
有时我将它捉住
囚在语言的瓶里
就失去了原有的神秘

一叶梦草

梦草做梦在西伯利亚
不知东方朔怎样找到了它
汉武帝思念离恨天的李夫人
梦草慰解了他致命的相思

若能得一叶放在怀里
哪怕荣华尽为凋谢
我要死守在梦的窗前
听诗魂归来时丁冬的环佩

与诗苦恋

我要你的是圆月
你给我的是残月
我始终见不到
我渴望的那一面
哪怕追随你
到天边

只能和你一起寂寞

都走不动了
站在太阳与墓地之间
遥遥相望
用电话止痛

我们争先恐后地说
谁也听不清谁说些什么
最终猜到：
你说你有书并不寂寞
只因为听不见我
才感到致命的寂寞

我真想嚎啕大哭
而我的声音
已喑哑于混沌深处
只能和你
一起寂寞

化入温柔的黑夜

朋友走了
不知到哪里去找他
如果是在坟墓里
定能听到我的呼唤
我也会听到
他翻身时发出的叹息

柏拉图的灵魂上天时
是乘着两匹马的战车去的
我的朋友人淡如菊
不需要和谁作战
他去了披一袭风衣
化入温柔的黑夜……

朋友们去了哪里

那个时代
失散了的知交重聚
有如目睹沉埋的楼兰
从地下升起来

那个时代
我僻远的陋室承幸春光
朋友们结伴而来
不怕坑坑洼洼的灰渣路
染黑了他们的白袜

那个时代我的门
是一座着了魔的古堡之门
在那些快乐的游侠面前
欣然敞开

没有旨酒
但醉饮彼此的容光
莹亮的眼睛
凝视着你
春雨般温暖的泪水
拥抱着你
所有的言说和无语
都带着太阳和青草的气息

如今有了明净的客厅
我却等得玫瑰凋谢
眼看着楼前过客匆匆
我的朋友们去了哪里

也许城市的摆布太多
人们必须遗忘些什么
而我既不能责怪
也不能忘却
我只是深深地深深地回忆
——回忆
无异于让人再活一次

无奈已成化石

车厢中的时光是静止的
流动的只有思绪
他看着车窗外的苍茫残照
我看着他的
莱蒙托夫的忧郁

有些相貌是不会欺骗的
单凭眼神我就知道
可以谈话可以相识
可以进入彼此不设防的城池

谁知一进去就出不来
他的迷宫深邃而曲折
情为何物
为何这般荒诞无稽
我本是在听
他人的悲惨世界
却恍惚是听自己

是不是遇见了
莱蒙托夫的“恶魔”
他那烧毁石头的眼泪
竟从我心中滴落
一滴一滴

如晶莹的松脂
把我这只蜂儿
困在琥珀球里

时光不再静止
车以一种危险的速度
将旅途终结
我想从琥珀里飞出
无奈它已成为化石

让轮椅飞起来

坐在轮椅里
失去了自由
这是我最大的不幸
我家住二楼
并不高
楼下是一园青草地
只要我下了楼
就可以将轮椅
推向自主、欢乐
我渴望草地
像一个
得不到报偿的浪漫恋人
每一次从医院回来
被人抬上楼
囚禁在斗室之内
动弹不得
只可以从窗户
瞭望云天
没有热切的
没有阳光明媚的
我的轮椅
我想给你有翅的梦
让无羁的天风
在你的羽毛间铮铮作响

相见前夕

明天你将从诗里走出来
卷入车站的茫茫人海
无须拿着丁香或玫瑰
我一眼便能认出你
认得出你那思想者的忧郁
认得出跟着你的一群影子
——你作品中的人物
使你身后扬起的灰尘
都是金色的

初相见也许会跌入激情的漩涡
惯于礼教的我们只好矜持住
哑然相对片刻才飞扬起来
好像不变回儿童就进不了天国

接过你满装文稿的行囊
提起了重峦翠谷的旖旎风光
——这座浓缩的山
给我的诱惑不是海的晕眩
山是奥秘而明白的世界
任我徜徉任我回旋
你的友情就是你的山你的诗
教我的灵魂飞升
也教我的灵魂安息

依照你的品味来迎接你吧
就住这间有阳台的卧室
让斜阳草树给你回家的感觉
不说沧桑说几天童言梦语
待你离去之后
我会感到你无处不在
你的芬芳
将永远传给我镇定和力气
明天明天
绯红色的晚霞
预示着明天是个好日子！

别时勿言愁

春天的手握住我的手
第七日的音乐徐徐升起
全身的疼痛宁息下来
唯有天体在欢乐地歌颂上帝
相逢的欣悦
被人理解的激动
我成了冥冥中的一块赤土
为当春的好雨而颤栗

只因曾被深渊掳掠
总以为自己
唯有对灾难才具吸引力
如今不再是自我招魂的水仙
一个生命对另一个生命的
神秘感应
已穿过地狱之门而凯旋

这一刻
伯牙的琴声凌云缭绕
钟子期醉饮了高山流水
人在永恒的中心
地面的烟柳
却低回着霸陵伤别
而你说：

当别时切勿言愁
离别是另一种相守
作为一个离人远去
我是无比的富有
有不老的思念
悬照于岁月的枝头

原来
那个传说中的精灵并非神话啊
凡人也靠馥郁的香气为生
奈何人生的蚱蜢之舟
载不动离愁千钧
努力以平淡为安吧
不要走进晓风残月
不问他今宵何处酒醒
那时光令人生畏的马蹄
千万别去听
任随它
越过万古的长亭更短亭！

送友人西行

靴子上沾着落花与春泥
你带走了南国的春意
去西部的公路上
你的背影渐行渐远画囊沉重
不知哪一泓清泉
会做你今宵的客舍
残阳下任你痛饮离愁！

想必你正忆起那天我说过的话：
我是孤独的灯塔你是远洋的船
我以火光回应你的呼唤
却只能望着你从我身边驶了过去
然而既知此情无限
又何须叹息相处的短暂

而且我多么为你骄傲
在这追求享受害怕负重的年月
你没有为物欲而冷却热血
负荷着艺术的重量你跋涉边陲
决意去领尝创造的甘美
是姐姐是知音
都只想匍匐下来吻你的脚印

但愿这一吻

去到你的笔尖缱绻低徊
明暗在你的天空和地平线
流动在你的沙滩和海底
参与你的透明参与你的深邃

第四辑

能有多少如此的晴日

写诗使人凉快

中了热带的花毒夏夜
呆滞在酷热的灰尘里
灯光烤炙着投向它的飞蛾
它把它照亮的地方变成坟墓

据说赤道下的人
热得狂乱地舞剑
将自身当成敌人
刺向胸膛
我热得如烟蒂
即将独自熄灭在烟缸里

无所适从之中
再次阅读你的诗
你的诗深情绵邈
溅我一身清凉

顿时我也想写诗
写诗使人凉快
诗带我去汇合
那不会被自己的波澜
淹没的水

清晨的探望

一个空酒瓶，
一篇未完成的日记，
你在应该醒来的时候睡着了，
我的鲜花该摆在哪里？

看这窗帘半开半掩，
一定是那疑虑的精灵又来过了，
它在你苍白的脸上留下的吻，
像一朵乌云落到我心上了。

我的鲜花是从料峭的晨风中采来的，
它是来祝福创造者一天的开始，
没有获得你感奋的微笑，
它不安地低下了头。

唉，又是一个美好的早晨，
被牺牲在忧郁的鹰爪下了，
难道思索的结果，
是为了自我毁灭么？

也许在昨天的废墟上徘徊，
别具一番凄凉的韵味，
可是我的朋友啊，
我们之所以回顾过去的，
是为了抓住眼前飞逝的。

让我背负你的忧郁

你那双寻求港湾的眼睛
不要惝恍迷离，
我为你把雾中的
风灯点起
但是，我不是你的港湾
不能替你遮蔽风雨
我只能和你一道跋涉
让我们互相扶持

休再提从前的过失
你这翠绿的蜻蜓
曾经撞了一身黑色的蛛丝
都因为你把年轻的热血
交给了芦苇的意志
可是，跌倒并不排除飞翔
我知道，你心中的鹰并未死去

啊，我又看见你的眼泪了
——你灵魂里的幽暗的珍珠
在悔恨时熠熠生辉
这是一种渴望重新创造的激情
将会从痛苦中生产甘美
我深深相信，到明天
你会为天下的欢乐
奉献你的珍奇

别说你的忧郁太沉重
怕将我的柔情压毁
没有忧郁的灵魂太轻飘
我欢喜有重量的东西
而我没有财富和荣名可以负重
能负重的，只有我的友谊
啊，让我背负你的忧郁

你的重量，也许会使我走得很累
但爱的劳役能延长奋斗的日子
你说你可惜不是我的孩子吗
为什么我们要依仗血缘和历史
友谊，是人类最没有藩篱的情感
它像阳光和草原的结合
一样自由，一样美丽

又年轻了一次

居然喊着跑着
说些童言梦语
来自边缘的孤儿们
遇友谊如遇天恩
今天又年轻了一次

还让人强行插上山花
送去做梅非斯特的新娘
笑声、目光和诗
都醉成一湖春酿
你站在最佳的审美距离
给我照了相

一张相片仅留住一瞬
阳关的柳色年年青青
曲终人散时
淡烟中只剩下两个人
怅怅然即将分手
却不敢执手相看
甚至不敢问一声
冷不冷
隔着一层暮色
出奇地静
各自紧裹外衣
小心翼翼地
走着这最后的旅程

思慕者

再淡一些再远一些
甚至淡远得了无痕迹
以不惊扰的自我流放
突出他的全部光辉
那便是浮云对月亮的思慕
一种天韵一种贞洁

长夜里守望他的出现
黎明时隐入苍穹
天各一方依然远远追随
哪怕永世不得相逢
那便是星星思慕太阳
只满足于和他共一个天空

铺天盖地的来势
最终只能绕着他走
按捺住野火般的狂澜
以潺潺柔情付与他的青葱
如此的九曲回肠
那便是流水思慕高峰

我的思慕生下来就是哑子
无法说与谁听
正如我迷恋舞台的青春的阴魂

重新走上舞台
几乎是另一个人生的开始
却忘了台词

能有多少如此的晴日

把又香又冷的紫罗兰
藏在身后
我不能以
一束花来迎接你
你的到来
已洒下漫天花雨

想挽你的手臂
又怕缩短距离
共同的困苦已使我们很近
必须留一个断处
才能听见流水的声音

灵魂有多重门
我要敲开的
是最里面的那一扇
跋涉过你大漠的苍凉
却不敢栖息于
你瑰伟的月牙泉

就这样在门外
将时间徘徊过去
时间之刃的蓝光
灼伤了我的眼睛

看不清昨天相聚的痕迹
只见你今晨采来的“将离”[①]
其实，何须用花的语言
来说离愁
短暂的相逢已是天恩
人生有雨
能有多少如此的晴日

①将离，芍药花的别名，古人以此花赠别。

楼兰对水说

不知你为何舍我而去
这个谜如黄昏
已从海空渐渐消隐
我已倦于追问了
反正你一走
我便为人神所共弃
曾经因你而花雨飘洒的楼兰
只剩下一个使人怅惘的名字

在夕阳与墓地之间
我总是梦见你回归
梦老了岁月思念正年轻
一如万箭穿胸的殉道者
全身都是创伤
眼神却是那么雄奇
面前的世界乃尘土与毁灭之火
信仰里全是你澄碧的水

我的思念
没有黎明没有黑夜
时光的流沙无法湮没
痛苦的刀剑不能阻止
它是一只受了伤的不死鸟
无须天空无须巢穴

只渴望你沁人肺腑的甘醇
波光粼粼的凉意

这渴望是我的大漠孤烟
升起它只为了让我的长河看见
偏偏来了些异邦人
扰乱了我的琴弦
他们穿着现代铠甲
却对我诉说骑士的怀念
局外人的心湖里
岂能荡漾我的悲欢
没有共同的记忆使老树发芽
怀念只是个谎言
不知道他们举起的是什么
直向我闪烁
而我明白
那是在我的不幸中探险

有时候寂寞真难抵御
海妖的歌声曾使我午夜徘徊
明月的桂子落在心上
有什么东西砰然破碎
然而听不到你的轻涛细浪
我绝不会以羌笛相随

我的心灵
只能与你心灵的

蓝色水印相溶相接
这是爱神造物时的印痕
这是城与水的童年情结
如果我背叛
只能是背叛我自己
所以我以怨鬼的执着等待你
我以圣徒的激情等待你
全然不顾分隔我们的距离
也不管还要等待多少个世纪

昨夜一千年

悲剧不属于黄昏
悲剧总是随朝阳放射金光
以坦然的残忍
照着逝去的昨夜

昨夜一千年
我时刻呼唤你的船
任心在流光中飘泊
不敢走近你的岸

并非不知道水的深浅
都只为风浪太大
真情太重
怕把你的桅杆折断

在子夜

船身，消失于水的幽暗
只见一朵火，在飘浮
飘浮着，载他远去
和他相属的土地分离

从此，每到子夜
那朵火
就从岁月的波涛中
扶摇而起
近了又远了
缥缥渺渺
一只雪原上的红蝴蝶

如今，她再也不能
口里衔着花奔跑去沙滩
再也不能去迎接
那永远不能抵岸的帆船
饥渴的呼唤
已在暮年的平静中哑然

而那朵火，每到子夜
依旧从波涛中扶摇而起

像沙漠上的南船座星
看着她欲眠还醒

唉
你的子夜好深！

只愿我的手

怕看你眼中那一圈圈月晕
我知道风暴即将来临
你囚徒似的傲慢
和怅惘的神色
都因为一壶烈酒
唤醒了拂逆的命运

我不会以痛苦酿蜜
也没有夜合花置于枕中
使你忘记
只愿我的手
像挟着水雾吹过的深谷凉风
把你这荒野狮子的头发
轻轻地抚平

听《月光》

怀人的风雨夜
德彪西的《月光》如梦

寂寞与音乐同谋
德彪西的月光杀死了我

幽幽的香气飘入晦冥
发髻上的素馨还在开放

总以为长得丑陋才会寂寞
便去月光的河流里洗澡

突然从水中惊鸿一瞥
终于相信了自己
并非不美丽

灼人的安宁

再也没有话说
一片灼人的安宁

没有爱的表示
不要紧
最可怕的是没有恨

如果哪一天
茶杯里也掀起风暴
那证明
基督复活了

一朝分手

一朝分手
便成了飘忽的幽灵
各自东西
谁知饮过忘川
竟在另一个世界重聚

可是已经没有眼泪
没有体温
只是两块春光中的浮冰
想靠拢
而又不能

披着秋风的影子

入秋以后
一个披着秋风的影子
常从我的庭院穿过
每当暮色初垂
它便悄然而至

它不让我看见它的脸
可灵魂自有其标志
我认得出
它是来看望那株
属于从前的老树的

它一接近
树叶便惊飞天空
变成一群鸟儿
青春一样逃离而去

青春的记忆
钻进了根
老树又开了繁花
香泽着
我心中最后的圣地

假如火山爆发

这座城市
是在我们相逢之日诞生的
是我们走成了美丽的街道
看蓝了江水
造一个天空
伸向高远

假如城外的火山
突然爆发
两千年后
我们依然这样手挽着手
从废墟中走出来
在月光下穿城而过
我依然用我的这张披巾
为你遮住深夜的寒露

终于挽住半轮红日

就像逃不出人生一样
我逃不出你恩爱的重围
而在与你相遇的时候
上帝没有和我们相遇
错过了那个良辰
注定要在两岸凄迷

而你说
不要在遗憾里失落
断臂的维纳斯依然很美
就为了
就为了你这句话
我们终于
挽住了那半轮红日
不曾任它匆匆西坠

在风雨中衔泥筑巢

我们曾经悲叹
如何才能让这喧嚣的红尘
变成荒原约克郡
那里的黑夜没有灯火
只有石楠和鬼魂
好让我们死过
去相守另一个人生

我们曾经悲叹
如何才得一轮明月
做那寥廓的大眼睛
仅仅照着我们两个人
渐行渐远的身影

悲叹过了终于不再悲叹
为什么要屈从偏见扼杀真情
奋发使痛苦辉煌
我们在风雨中衔泥筑巢
几番被毁几番中兴

许多年了
我老是想起在那些黑夜
如何走过豺狼出没的路径
今宵有月
你可曾倾听
往昔的涛声

梦之柳

记得第一次相约
正是月亮做梦的时候
娱神的舞榭边
有一棵梦之柳
这个梦
一做便做了几十个春秋
纵使提着头颅
仍在梦中相守

一切因梦而再生
终于开启了新的生活
不管世界如何残缺
我们找到了完整的感觉
虽然穷愁却不潦倒
自有一种人生的磅礴

当我有一天

当我有一天
消逝在你的右侧
不要给我盖厚土
还加一块石头

你不是怜悯我力气小么
那就薄薄地
盖上一抔净土吧
以便我被秋虫惊醒了的时候
扶着你栽的小树走回家来
看看很冷的深夜
你是否仍将脚趾
露在被窝外面

月台

昨天不会再来
我们注定要分离
还是赴死般地跑上月台
去听那一声
断魂的汽笛

车轮旋转了
永恒惊飞
紧握的手轻轻松开
车轮旋转了
我的天地

你负重的目光扶住了我：
要珍重啊……

是的
被爱过千分之一秒了
还有什么理由哭泣

月光和酒

在用凤仙花染指甲的时代
我总认为
月华是月儿开的花
醉芙蓉是酒开的花

我爱月光又爱酒
沉醉了的深夜
便到月下的林泉
去饮诗

有一回看见李白
一边饮着月光
一边以酒浇诗
诗长得很高很高了
他自己
倒被月光醉死

茉莉是月亮的泪

茉莉是月亮的泪
白莹莹滴在绿叶丛中
不懂得对月忧伤的人
闻不到茉莉的香气

香气是茉莉的梦幻
她看人的时候不用眼睛
正像那种有梦幻的女人
先以梦来触觉

当她一见钟情的时候
不是伸出枝条来缠你
而是以阵阵馨香将你荡漾
使你走不出她的重围

当你留连得太柔弱的时候
她又在晨风中将你轻唤
吹送着另一种清新
使你想去海上扬帆

那一刻永远不死

汽车在山间蜿蜒
暗蓝色的林带
留连着夕阳的斜辉
不知道从哪里来
又往哪里去
我们没有家
要相聚只有乘车

我们的座位中间
有一个空隙
那是留给距离的位置
而空气中充满应许的芬芳
灵魂在紧紧偎依
——灵魂共读一本诗
诗使我们终成眷属
那一刻永远不死

与六岁的兰若谈天（组诗）

一、和平大使

当我与你妈妈生气的时候
台风来了暴雨来了
不知你从哪个角落
冲了出来
怀着保护奶奶的秘密任务
将我紧紧地抱着

满天乌云化轻烟而散
星星升上了橄榄山
兰若一个美丽的小岛
在你无比灿烂的笑容里呈现
成为我和你妈妈的战争
签订和约的地方。

二、露水的来历

你说太阳是星星的爸爸
一出来就把星星吃了
星星流下眼泪
这是露水

兰若你说得不对
哪有那么可怕的爸爸
是太阳要上早班
为了让星星睡得香甜
在窗外的草地上
洒下些清凉。

三、飞出一个亲吻

当我第一眼看见春天的时候
春天就装成冬天的样子
拿冻僵的乞丐来吓唬我

兰若如今你的春天
红玫瑰围绕着滟滟池水
阳光的七彩在你的黑发上嬉戏
你一边奔跑一边对着我笑
从你的明眸里
飞出一个亲吻
我的脸颊上
盈溢着热泪!

四、月亮落在我胸上

兰若说:
奶奶昨天夜里
月亮来敲我的窗子

你让她进来了吗
兰若对我耳语：
她进来了
就像老师给我贴金星一样
月亮落在我胸上！

五、奶奶的愿望

抚摸着你蔷薇色的手指
奶奶想起黎明女神奥多拉
兰若你长大了做什么
人不能像黎明那样伟大
就做黑夜里的一枝蜡烛吧
当它给别人接火的时候
自己不会失去亮光

六、回不了家的小船

是兰若扶着奶奶
还是奶奶牵着兰若？
大象象和蓝猫去散步

路过一座旧院
墙下有一只废弃的轻舟
上面开满紫色牵牛花
无数的光影在荡漾

好像在做水的梦

兰若问：奶奶
这只船会不会想念它的江河？
是不是因为它乱跑
才回不了家的呢？

七、蓝天穿在我身上

风和日丽
带兰若去认识大自然
爷爷叫大家想：
那一大片开花的亚麻田
像什么？

奶奶说：
像铺在地上的一角蓝天
兰若说：
我穿那件亚麻连衣裙的时候
凉津津的
哇蓝天穿在我身上！

八、考考你

兰若考考你
信不信

这株郁金香是一盏灯

兰若奇怪：
我怎么看不见它的火光呢
奶奶说：你闻闻
香气就是它的火光

兰若眯着眼若有所思：
奶奶我也考考你
小狗是用什么微笑的？
奶奶一惊：
不是用汪汪的叫声吗
兰若喊道：
不对不对
小狗是用尾巴微笑的！

九、大老鹰是我自己

兰若：我想到月亮上去看看
奶奶：你没有航天飞机
兰若：大老鹰会带我去的
奶奶：大老鹰要是不来呢
兰若：大老鹰是我自己！

你错认梨花

月白色的衣裙
飘荡着一弦琴音
儿时的布娃娃依然活着
款款地向我走来

在“过家家”的时候
我早已把你嫁给了堂姊
小小的大红花轿从手心抬走
欢乐便随喜烛熄灭
可那是早已说定了的
不准哭不准反悔

在长大的路上
我遗失了许多
却还记得给你的悄悄话
“等梨花开了
你逃回来吧”

今夜梨花似雪
开白了我的头
难怪你错认了
我们相约的时候

夕阳是故乡

小黑狗含着花朵回来
夕阳下
有无忧的童年
我躲在妈妈的怀里
唱“羊儿睡在草中”
心儿的小酒杯
被温情注满

后来妈妈的坟头上
空余一抹夕阳
照着我天涯路长
羊儿再也不能睡在草中了
夕阳仍是我的故乡

飙

经历了一场恐怖的厮杀
那些盲目的战胜者四散了
被咬得遍体鳞伤的狗
蜷伏于荒烟蔓草间命若游丝

雪白的毛衣碎裂了
仿佛片片落英随风揉在泥淖里
过去的尊荣一下子变了颜色
耷拉的耳朵破布般垂着
滴着耻辱的血它感到
有一颗不祥的彗星落下来
地心着了火烤得焦渴如焚
一只流萤从昏暗的眼前飞过
它突然亢奋地抬起头来对月长嗥
其实只不过是在做狼的梦罢了
它连呜咽的力气都没有了

绝对的孤独绝对的无援
这是一座由阴森戒备着的刑场
人们是不轻易到这里来的
黑色的时辰已进入子丑
寒霜将凝结一切温暖
连同它所剩无几的血液
再也不能延误了

再也不能等待别人的帮助
趁记忆还没有完全冷却
它要爬起来去到那隐秘的山谷

它知道银环蛇沐浴的山涧旁
蟾蜍的苔藓是个哑谜
只要用舌头去舔一舔
致命的焦渴就会熄灭
它知道倒挂着黑蝙蝠的幽洞中
有腐熟了千年的冒着气泡的泥水
只要跳下去打一个滚
全身出血就会止住
然后把鼻子伸进接骨草的柔波
让息痛的芳香去抚摸灵肉的痛苦

但是生比死更为复杂艰难
崎岖的山路如拂逆的命运
要想到达那迷雾笼罩的远处
要有三倍于目前的力量
它必须变成三条狗
——变成拔地而起的飙

说也奇怪这一意念
竟使它摇摇晃晃地站了起来
一个古战场将军的亡魂
从累累白骨中站了起来

荒原上空的冷月
斜斜地映出狗的三个影子
一个是它忘不掉的原始的野性
一个是它依恋的人和火的文明
还有一个是它失败的痛苦
——三种力汇成一道狂飙
使它抖动起雄狮的鬃毛
在朦胧的光线中负伤飞奔

紫藤花埋葬了它

老人当兵的时候
这只狗的妈妈
尚未因春风的吹煦而受孕
年轻的士兵爱的是马
一个黎明胜利的号角沉寂了
士兵从马革堆里站了起来
战马永远倒在血泊中了

热泪和着黄沙埋葬了马的忠骨
他像点燃篝火温暖别人的朝圣者
独自走上漫长寒冷的路回到家乡
站在门边迎接他的是一只小狗
某种经由梦幻延伸的幸福感
在他的灵魂里苏醒
这只狗从此取代了战马的位置

许多年后主人死了狗也老了
它每天在附近流浪
烈日下多么孤独
黑色的兀鹰高悬天空
它耷拉着耳朵忍受厌恶与呵叱
还是舍不得离开这个家

墙头上的紫藤花无忧地开着

花瓣被风吹得满地飞扬
老狗回忆着那无云夏日的寂静
寂静中坐着和它相依为命的老人
老人曾经细心地搜集这些花瓣
晾干之后撒在它的窝里
它至今还能闻到那只拈花的手
发出的植物的清香

突然它匍匐下来
紧紧地附在落英之上
犹如被一种重力所吸引
融入洪荒和谐的总体之中了
谁都赶它不开……
紫藤花飘着飘着
给熟睡的婴儿盖被子似的
轻柔地轻柔地埋葬了它！

风暴蝴蝶

漩涡水最深的季节
我看见一只白色的蝴蝶
从风暴的阴霾中飘来
像被遗忘的颂歌的回声
如爱情睥睨一切

看它那轻盈凄迷的模样儿
只是一朵会飞的鲜花
只合到水仙鉴影的小溪上徘徊
别说风暴的咆哮了
即使是风暴的一丝微叹
也能把它卷走甚至粉碎
我真不明白
它怎能把最温柔的渴望
与暴风雨交织在一起的

小小的蝴蝶穿越了风暴
却超越了风暴的猛烈
一飘来就变成一息清风
愉快地吹入他人的命运
在那些零落的和憔悴的之间
反复地出现久久地萦绕
以一种醉心融骨的热情
不断地寻找深隐的花序

拿自己的翅膀折成信封
向四处投递阳光的消息
悄悄地催促着花树：
再开一次，再开一次吧
最后一次
远比第一次更为美丽

谁能像这样懂得抚慰痛苦
我不再怀疑了
这小小的白色的蝴蝶
肯定是从风暴中飞来的

睡在月亮的唇边

黎明有一口警钟
工蜂脱颖而出去吮吸大地的芬芳
有限的生命要酿无限的蜜
它刚负载着沉甸甸的花蜜归来
转瞬间又冲刺出去

一边采蜜一边吹着芦笙
饮了阳光的旨酒而雄心勃发
——它要把流蜜的郊原
连同自己的血液
都化成蜜

夕照洒下一天烟霞
山那边有它眷恋的家
群体的气味老远就使人闻得心醉
神奇的向心力命令它满载而归

谁能预测黄昏的风雨
它的归程险象横生
负重的翅膀倾斜了
脚上的两囊花粉越来越沉
丢掉吧
丢掉了就能恢复平衡
可是它心中对于奉献的需求

比保命的欲望更为炽烈
它是被人等待着的人

风雨过去了月亮上升
家啊遥遥在望
而它的翅膀被风雨打伤了
贴着地面仍然在飞

顽强的翅膀终于停歇了
战马还没有卸下征鞍
就倒在烧焦的松�之上了
——工蜂死了
带着奋飞时焕发的容颜
睡在月亮的唇边!

它断然化为一座堕地的山峰

沼泽就在那边
小斑马们跟着妈妈
快快活活走成一道清风
身上的横纹闪着墨玉的光芒
从红树林中荡漾出来

这属于黎明的美景
进入了几只猛狮的镜头
嗜血的欲望立刻扬起狂飙
——东非大裂谷张开了嘴

大斑马是擅跑的健将
可以灵敏得像一滴水银
刹那间消失得无踪无影
但是真奇怪
它们竟像被同一条缰绳拴住
谁也不肯离群逃走
只是神速地围成一个三层的圆环
把小马驹紧紧地围在里面

簇拥着心爱这才亡命地飞跑
而这爱的圆阵有沉重的负担
小马驹四蹄还很娇嫩
在生死关头越跑越慢

狮子的利爪飞砂走石
踩着魔幻的鼓点
呼唤着血的祭祀
代表着不可抗拒的骤然毁灭
唐菖蒲粉碎了
郁金香粉碎了
花儿是荒野的灯光灯光熄灭
所有的声音都隐匿起来了
没有救援
世界躲得远远的

危急之时心灵总会打开窗户
一只大斑马突然离开了群体
飞砂啊闪开
大斑马正冲向狮子已冲向狮子
它断然化成一座堕地的山峰
横亘在敌人面前了
它昂起头颅抖开雄鬃
对着同伴发出几声“快跑”的鸣声
正像一艘战舰被洞穿了
下沉时发射最后的炮火

鸣声被嗜血者的獠牙割断了
上升天空
萦回成一只大眼睛
目送着心爱的逃亡者

当看见那些带着亲缘的横纹
像一道道波浪涌过了地平线
这只眼睛眯了起来
蓝天下留下一弓美丽的弧形

许久以后得救的斑马们回来了
悲伤地转来转去
它们来寻找什么呢
连秃鹫的剩余都看不见了
只有灰烬
但是只有灰烬才明白
过去的火焰是什么

啊阿非利加
你真是阳光灼热

虎落平阳

假的山策划了重门幽洞
抗拒阳光进来
因为只有让虎
看不见落山的红日
才能消灭它幻想的天赋

傍晚的热浪滞浊眩晕
这不是热带的蓝宝石之夜
高远的天空
和爱情的森林
才是自由啊
在它的本土
地球才是圆的
在狂喜的奔跑之下
大地滚动长啸生风
目光如黑暗中的火炬

如此辉煌的记忆
隐秘地放射阵痛
它集中每一根毛发的力
作一次大吼
然而假的山
不和草原相通
旺岱般的孤岛回声死了

虎落平阳英雄末路
它内心升起的激情
得不到疲惫的肉体的支持
正准备将它毁灭
被惊起的饲养员
又来一块牛排和几句劝慰：
“这里就是你的家你的宿命
你的挫败全是幻想出来的”

自由卖了
它垂下眼睑
经典的悲剧
落幕！

幼鹿的老梦

虽然被撕裂的梅花
又开始黑亮圆整
凋落的光芒
又在眸子里升起
而家园已经毁了
开花的山谷已长满荆棘
她必须赶快
不管逃到哪里

来不及回首旧巢
便抬头看看天空
谁知天也变了脸
一匹匹乌云气势汹汹
黑压压将她追赶

乌云没有身子
却有凶眼有利爪
有扇得人死的翅
有踢得人粉碎的蹄……
她吓得倒下了
倒在一片芳草地

依稀有阳光
在抚摸她的梅花

依稀有清香
在穿越她的呼吸
而真正的悲剧
诞生在悲剧之后
她已不相信眼前的真实
她未成年
却有了一个老梦
都因为那一次
猝不及防的袭击

暖蝶

岩洞太黑了
蝴蝶躲厌了
深秋的层云中
骤然露出一线阳光
照着一株孤零零的美人蕉
在狼藉的落英之上
舒展着羽翼的明黄的花瓣
蝴蝶认得那是它的三月
飞了出来去作青春的重逢

严霜紧跟在阳光后面
不动声色地罩了下来
把它们做成标本
想看看这个拥抱
是否能在死里永恒

天鹅在子夜

浮在紫罗兰的微波上
纯洁如初雪
再没有比天鹅更优美的了
它永远使你想起悲剧中的女郎
唱着那支伤心的歌
在水面上徐徐自沉

天鹅也会唱
它的歌
为蔚蓝所沁透
使你的心灵诗意地张开
给你一个领域
光华如净界

尤其是黎明时刻
睡去的天鹅
简直是整个宇宙的宁静
谁知宁静也有隙缝
一个秘密悄悄地泄露出来
——天鹅曾在子夜
咬死了无家可归的孤雁
为了独占那条河岸